光文社文庫

文庫書下ろし

ココナツ・ガールは渡さない

CF ギャング・シリーズ

喜多嶋 隆

光 文 社

この作品は光文社文庫のために書下ろされました。

『ココナツ・ガールは渡さない』目　次

プロローグ　7
1　あんたら、せこいぜ　8
2　南の島に灯がともる　19
3　彼女は、手段を選ばない　33
4　人生の、勝ちとか負けとか　44
5　その名は、レティシア　54
6　女性であり、少女でもあり……　66
7　シンハ・ビールは、気にくわない　76
8　ココナッツが香る娘　86
9　カツオが殴った　97
10　一生を賭けた夢　108
11　ドム・ペリは趣味じゃない　119
12　コンテは頭の中にある　130
13　恋には本気になれなくて　141

14 赤雷 150
15 彼女は、もういない 160
16 17歳の日々は、終わることなく 169
17 猫のディナー 182
18 君の背中には、見えない翼がある 193
19 いい車だな 204
20 ファースト・キスは、耳たぶに 217
21 乗車拒否も、たまにはいい 228
22 危険ってやつが嫌いじゃない 238
23 タコとご対面 250
24 スリランカに別れを告げて 260
25 人生は、レースじゃないから 270

26 ツインルームしか空いてない 280
27 君の島へ 292
28 水着姿は、少し眩しくて 304
29 求めるものは、人それぞれだから…… 314
30 一緒に寝ていい？ 325
31 洋上血戦 337
32 流れ星に願いを 347
あとがき 354

プロローグ

午後4時なのに、あたりは暗くなり、南洋のスコールが降りはじめた。
シンガポール独特の激しいスコールが、車のボンネットに叩《たた》きつける。
雷鳴が響く。イナズマが光る。
その瞬間、巨大なストロボをたいたように、白く美しい街並みが照らし出された。
ステアリングを握っている爽太郎《そうたろう》は、ミラーを見た。
30メートル後ろ、尾行してくるレクサスが見えた。
運転してるやつの顔は、雨でわからない。
爽太郎は、ステアリングを握りなおした。深呼吸……。
避《さ》けられるかもしれない危険な道。だが、自分が避けないことは、わかっていた。
シフトレバーに手をかけた。
シフトアップ！　アクセルペダルを踏みつけた。

1　あんたら、せこいぜ

1

はじまりは、2カ月前。

4月の下旬。相模湾《さがみ》の沖だった。

黒潮の流れが大きくカーブして、相模湾のすぐ沖合まで接近していた。

その黒潮にのって、カツオの群れが沿岸に回遊しているという。三浦半島の先端から目と鼻の先で、カツオが釣れる。そんな情報が流れていた。

「初ガツオか、悪くないな」

爽太郎は、つぶやいた。さっそくトローリングの準備をはじめた。

2

翌日。爽太郎は、船を出した。

葉山《はやま》から一気に南下。30分で、三浦半島の沖に着いた。あたりの海域には、かなりな数の漁師船がいた。みな、ルアーを曳《ひ》いている。

初ガツオは、いい値がつく。そこで、狙いにきた漁師船らしかった。

あまり釣れているようではない。が、爽太郎もルアーを曳いてみることにした。

漁師船の船団から少し離れた海域。船のスピードを落とす。船の後ろに小型のルアーを流しはじめようとした。その時だった。

「その、葉山船籍のプレジャーボート!」

とスピーカーからの声が聞こえた。

爽太郎は、ふり向いた。グレーの船体の船が、近づいてくるのが見えた。

大きな船ではない。漁師船には見えない。グレーの船体に〈神奈川県〉の文字が見えた。

船首に赤い旗が立っている。そこには〈パトロール〉と書かれていた。

〈神奈川県〉と書かれた船は近づいてくる。何か用事らしい。爽太郎は、船のクラッチを中立《ニュートラル》にした。海に流しかけていたルアーをデッキに上げた。船は、さらにスピードを落とし、止まる……。

神奈川県のパトロール船は、ゆっくりと近づいてくる。

そのデッキに、男が3人いた。3人とも白いワイシャツ、ネクタイ、その上にライフジャケットを身につけている。

ライフジャケットはピカピカの新品だった。いかにも慣れない感じで身につけている。

デスクワークの人間が、たまたま船に乗っている、そんな様子だった。

2艘の船は、3メートルぐらいに近づいた。

「なんの用だ、税金の徴収か？　ゴミの回収か？」爽太郎が言った。船の上の連中は、顔を見合わせる。やがて、中の1人が口を開いた。

「神奈川県の海域では、プレジャーボートのトローリングは違法だ」

と言った。髪を二八分けにして、メタルフレームの眼鏡をかけている。典型的な役人顔だった。

「神奈川県の海？　そいつは、なんのことだ」と爽太郎。

「ここは、神奈川県の海域だ。漁船以外のトローリングは禁止されている」

と二八分け。書類を読み上げるように言った。そして、爽太郎の近くにあるクーラーボックスを見た。

「その中を検査させてもらう」と言った。爽太郎は苦笑い。

「よく見破ったな、この中にでかいカツオを隠してると」

その言葉を、連中は無視。ゆっくりと船を近づけてくる。

デッキにいる3人は典型的な役人だが、前で操船しているのは本職らしい。

やがて、船べりと船べりが50センチほどに近づいた。ゴム長をはいた二八分けが、爽太郎の船に乗り移ろうとした。

いかにも、おっかなびっくり。へっぴり腰。船に乗り慣れていないのがわかる。

それでも二八分けは、爽太郎の船に乗り移った。デッキに置いてあるクーラーボックスに近づく。それを開けた。

もちろん、中は空っぽだ。二八分けは、拍子抜けした表情。

「カツオは逃げちゃったな」と爽太郎。

二八分けは、苦虫を3、4匹かみつぶしたような顔つき。メタルフレームの奥から爽太郎を見た。

「念を押しておくが、神奈川県の海域では、プレジャーボートによるトローリングは全面禁止だ」

それだけ言った。回れ右。パトロール船に戻ろうとした。へっぴり腰で、爽太郎の船の船べりに足をかけた。

「気をつけろ」

爽太郎は言った。同時に、そばにあるクラッチ・レバーを何気なく後進に入れた。プロペラが回り、船が動いた。

ほんの20センチ、船は動いた。が、二八分けがバランスを崩すには充分だった。

「ヒャ！」という悲鳴。二八分けは、両手で宙をかく。もがき、体を反転させながら海に落ちた。水飛沫《しぶき》が上がった。

「だから、気をつけろと言ったじゃないか」と爽太郎。パトロール船に引き上げられる二八分けに言った。海面に、ゴム長の片方が浮いている。

3

「おう、シゲか」と爽太郎。スマートフォンで話しはじめた。

夕方の4時半。鎌倉の流葉《ながれば》亭だ。ついさっき、船で葉山マリーナに戻った。さっと片付けをすませ、流葉亭に帰ってきたところだった。

爽太郎は、茂《しげる》に電話をかけた。茂は、三崎の若い漁師。爽太郎を、兄貴分として慕っているやつだ。

「ああ、流葉さん」と茂。

「シゲ、ちょっと訊《き》きたいことがある」と爽太郎。さっきの出来事をごく簡単に話した。聞き終わった茂は、「やっぱりですか」と言った。そして、

「神奈川県の条例では、確かにプレジャーボートのトローリングは禁止になってるそうです」

「へえ……。だが、おれたちはこれまで普通にトローリングしてたぜ」

爽太郎は言った。カツオ、メジマグロ、マヒマヒなど、みなトローリングで釣っていた。

「ええ、ついこの前まで、そんな条例があることさえ、みんな知らなかったわけです」と茂。

「それがどうして？」

「ええ、おれが聞いた話だと、漁協の連中が、県の水産課に談判したらしいです」

「談判？　どんな……」

「プレジャーボート、つまりアマチュアにトローリングをさせるなと、直談判したって話です」

「へえ、それで県の水産課が、言うことをきいたのか」

「そうみたいです。県の役人なんてみんな事なかれ主義ですから。条例を盾にとられたら、

その通りに動くでしょうね。しかも、これは噂ですが、漁協から水産課にワイロがいったという話もあります」

「なるほど、そんな感じだったな」と爽太郎。

「しかし、漁協も役人もせこいなぁ……。アマチュアがトローリングで釣る魚なんて、たかが知れてるだろう」

「おれもそう思うんですけど、漁協にも頭の固くてせこい年寄りがいて、どうしようもないですよ……」

「そうか、ありがとよ」爽太郎は電話を切った。そのとたん、

「はい、若」と巖《がん》さん。すかさずBUDのボトルを差し出した。

4

「おう、流葉」と野太い声。プロデューサーの熊沢《くまざわ》が、店に入ってきた。

「なんだ、機嫌をそこねてるCFディレクターを見物しに来たのか」爽太郎は、BUDをラッパ飲みしながら言った。

「確かに、むかついた顔をしてるな。おれも、ビールをもらおうか」

熊沢は、勝手に冷蔵庫からBUDを出した。ボトルに口をつける。

「何があった。カツオが釣れなかったのか」

「それ以前の問題だ」と爽太郎。さっきの出来事を、さらりと話した。

「まったく、どいつもこいつも……。最近の日本人はどこまでせこくなるんだ」爽太郎は、吐き捨てた。新しいBUDに口をつけた。

「確かに、何もかもせこいな。テレビのニュースを見てると、嫌になってくる」と熊沢。BUDをぐいっと飲む。爽太郎を見た。

「そんな日本にうんざりしてるディレクターさんに、ちょっといい話だ」

「いい話?」

「ああ。お前さん、〈S&W〉のフレディ、知ってるだろう?」と熊沢。爽太郎はうなずいた。

〈S&W〉は、ニューヨークに本社を置く大手の広告代理店。

フレディは、そこのプロデューサーだ。爽太郎は、仕事がらみで何回か付き合ったことがある。まだ三十代だが、なかなか有能な男だった。おまけに、ユーモア感覚もある。爽太郎とも話が合うやつだった。

「で、あのフレディが?」

「ああ、さっき電話があった。お前さん、海に出ててスマホの電源切ってただろう。で、おれの方に電話があった」と熊沢。

「で、やつの用件は？　つまらない仕事をしてる暇はないぜ」

「仕事の話じゃない。なんでも、〈S&W〉が会社を設立して30年になるとかで、盛大なパーティーをやるらしい」

「ほう、それがどうした。おれたちには関係ないな」と爽太郎。BUDをひと口。

「フレディが言うには、そのパーティーに流葉チームを招待したいそうだ」と熊沢。「このところ、広告賞をいくつも取ってるからな」と言った。

「つまらない。放っておけよ」

「まあ、そうなんだが、お前さんにとっちゃ面白い話がある」

「面白い話？」

「ああ、わざわざニューヨークまで来てくれたら、ボストン沖の大物釣りに招待するそうだ」

「ボストン沖……」爽太郎は、つぶやいた。

ニューヨークから近いボストン。その沖は、大物のクロマグロが釣れるので有名だった。

「マグロ釣りをエサに、おれたちを釣ろうってことか」

「そうらしい。だが、マグロ釣りは、なかなかいいエサだな。フレディが言うには、

３００キロ級が釣れるらしい」

「ほう、３００キロか、豪勢だな……」爽太郎は、つぶやいていた。

「せこい日本にうんざりしてるディレクターさんには、いい気晴らしになるんじゃないか？」熊沢が言った。

５

「いつ発《た》つんですか？」

と巖さん。カウンターの中でグラスを磨きながら言った。爽太郎は、３本目のＢＵＤに口をつけていた。熊沢は、さっき帰っていった。

「おれが、ニューヨークに行くと？」

「ええ、若の眼が、そう言ってますよ」と巖さん。爽太郎は苦笑い。

「確かに、３００キロ級のマグロにはそそられるな」

「……それもいいですが……里美《さとみ》さんの命日が、そろそろじゃないんですか？」

「……」

爽太郎は、無言でうなずいた。確かに、里美の命日は、１カ月ほど先だ。爽太郎は、ＢＵＤを手に深呼吸……。

「ＬＡ《ロス》にも、寄ってくるか」とつぶやいた。

6

「おう、流葉。行く気になったか？」と熊沢の声。受話器から響いた。

「ああ、でかいマグロに会いたくてな。だが、フレディには、条件をつけてくれ。ニューヨークからの帰りは、ＬＡ経由だ。それで、チケットを取るように言ってくれ」

「ＬＡ？」

「そう……里美の墓参りをしてくる」

「……わかった……」熊沢は、それだけしか言わなかった。

「あんたは、行かないのか？」と爽太郎。

「おれは、やめとくよ。マグロ釣りをするには、腰に不安があってな。それに、サッカー賭博の仕事が休めない」

「わかったよ」

2　南の島に灯がともる

1

12日後。

爽太郎は、ニューヨークの、ジョン・F・ケネディ国際空港に着いた。空港には、フレディが迎えに来ていた。笑顔で、爽太郎と握手。

「マグロは、どうだ？」リムジンに乗るなり、爽太郎は訊いた。

「相変わらずせっかちだな、ソータロー」とフレディ。

「おれの短気は、わかってるはずだが」

「ああ」とフレディは苦笑い。

「明日、さっそくボストンに行こう。今夜は、ホテルでのんびりしろよ。プラザを取ってある」

「部屋に、冷えたヴーヴ・クリコを用意してある」

「おまえさんにしては、上出来だ」

「悪くない」

2

翌日。シャトル便で、ボストンに向かった。フレディと、釣り好きらしい若い社員が同行した。

ボストン郊外の港には、よく整備されたフィッシング・ボートが待機していた。キャプテンのジムは、がっしりとした白人だった。

そのボートで、3日間、沖に出た。2日目の午後1時過ぎに、マグロがヒットした。リールが悲鳴をあげる！　リールから白煙が上がる。船上は臨戦態勢になった。

2時間半のファイトで、爽太郎は、大物のマグロを釣りあげた。ハーバーで検量すると、247キロのクロマグロだった。爽太郎たちは、ハーバーで乾杯をした。

3

3日後のパーティーは、予想通りだった。いかにも、ニューヨークの広告代理店。スノップな連中ばかりだ。服や車には金をかけているが、中身にはあまり金も時間もかけていない。つまらない会話のやり取り……。

爽太郎は、30分でパーティーから抜け出した。59丁目にある気に入りのバーに行き、ドライ・マティーニをゆっくりと飲んだ。さらば、ニューヨーク……。

4

「どういうことだ」と爽太郎。航空会社の係員に言った。

午前11時。ラガーディア空港。爽太郎は、ここから国内線でLAに飛ぼうとしていた。

その搭乗カウンターに、爽太郎はいた。チェックインしようとしていた。ところが、

「この航空券は、キャンセルされてます」と係員。

「どういうことだ」と爽太郎。係員をにらみつけた。その時だった。

「ソータロー、そいつを殴り倒しちゃ、かわいそうだ」

という声。振り向くと、フレディがいた。爽太郎は、フレディと向かい合う。

「あんたの会社が手配してくれた航空券がNGだ。そろそろ会社が潰れるのか？」と爽太郎。

「まあ、ソータロー。ついてきてくれ。別の便をとってある」とフレディ。爽太郎の荷物

を持って、歩きはじめた。

5

「ほう、プライベート・ジェットか」爽太郎は、つぶやいていた。

ラガーディア空港の一画。プライベート・ジェットらしい洒落《しゃれ》た機体。すでにエンジンをかけている。

「こいつで、あんたをLAまで送ることになったんだ。まあ、マイケル・ジャクソンにでもなった気分を味わってくれ」

とフレディ。タラップを上っていく。爽太郎も、ジェットの機内に入った。制服を着た若い男性スタッフが微笑して、

「お待ちしておりました」と言った。テーブルには、冷えたヴーヴ・クリコが用意されていた。

「なかなか」爽太郎は、つぶやいた。その時、一人の金髪女性が歩いてきた。爽太郎を見つめて、

「ハロー」と言った。大輪の花が咲いたような笑顔を見せた。

6

爽太郎は、フレディの耳元で、

「このプライベート・ジェットには、美人も用意されてるのか？」とささやいた。

「彼女とは、昨日のパーティーで会ってるはずだ」とフレディ。

爽太郎は、思い起こす。彼女は、確かにパーティー会場にいたような……。爽太郎は、あらためて彼女を見た。

「もしかして、パープルのドレスを着ていた？」と訊いた。彼女は、「覚えていてくれて、光栄ね」と言った。

爽太郎は、昨夜のパーティーを思い出していた。彼女は、光沢のあるパープルのドレスを身に着けていた。やたら、ボディーラインを強調した、セクシーなドレスだった。

しかも、飛び抜けた金髪美人だった。その周囲には、グラスを手にした男たちが群がっていた。

広告代理店のパーティーだから、モデルやタレントらしい女性たちも招待されていた。

彼女もそんな一人だろうと、爽太郎は感じた。それ以上の興味は持たなかった。

いま、彼女は、濃紺に近いブルーのビジネススーツを身に着けている。そして、白いシヤツブラウス……。

「もうすぐ離陸ね。ちょっとスタッフに指示してくるわ」と彼女。ギャレイの方に歩いていった。その形のいいヒップを見送り、

「彼女は？」爽太郎は訊いた。

「ああ、彼女は、うちのエグゼクティブだ」とフレディ。エグゼクティブ、重役……。

「3カ月前にうちの会社にきた」とフレディ。「いわゆる、ヘッドハンティングで、競合関係にある大手の広告代理店から引き抜かれたんだ」

「ほう……しかも、エグゼクティブか」

「そう、広告代理店は、実力の世界だからな」とフレディ。

「それにしても、まだ若いだろう」

「確か、いま35歳。あんたとたいして変わらないよ。で、アカウント部門のエグゼクティブ・プロデューサーだ」

爽太郎は、うなずいた。

確かに、広告業界は実力の世界だ。若くして成功する例も多い。

しかし、彼女のような美しい女性となると例外的だろう。現実は、映画ではないのだから……。そんな事を考えていると、彼女が戻ってきた。爽太郎と向かい合う。また、花が

咲いたような笑顔を見せ、

「エヴァよ。エヴァ・ウィルビー。気軽にエヴァと呼んで」

そう言うと爽太郎と握手した。

「おれは」

「自己紹介は必要ないわ。ソータロー・ナガレバ。あなたの事は、あなた以上に知っているかも」とエヴァ。

「〈S&W〉の資料室は、FBIより優秀だから」と言った。その時、制服を着たスタッフが、キャビアを運んできた。

7

プライベート・ジェットは離陸し、15分後、水平飛行に移っていた。

爽太郎、エヴァ、そしてフレディの3人は、テーブルについていた。マホガニーのテーブルで、キャビアをつまみ、ヴーヴ・クリコを飲みはじめていた。

爽太郎は、何気なくエヴァを見ていた。

仕事ができる女には、つい興味をひかれるものだ。

白いシャツブラウスの胸元。形が良いバストの谷間が、かすかにのぞける。シンプルな銀のネックレスは、ティファニーとわかる。パーティーの時とは違い、渋い銀のネックレス……。ピアスも小さな銀。時と場所を心得た完璧な身なりだった。

パーティーの時は肩までたらしていた金髪を、いまは後ろでまとめている。

「大学はハーバードかな？」

爽太郎が訊くと、彼女は、かすかにうなずいた。

「マーケティングを専攻してたわ」

全く隙のない動作で、シャンパンのグラスを口に運ぶ。その姿は、自信にあふれていた。成功をおさめているキャリアウーマンそのものだった。

8

「それじゃ、仕事の話に入ろうか」と爽太郎。グラスを手に言った。エヴァの青い瞳が、爽太郎を見つめた。

「なぜ、仕事の話だと？」

「簡単だよ。小学生でもわかる」と爽太郎。「わざわざプライベート・ジェットを用意する理由が、ほかにあるかな？」

「……」

「ニューヨークからLAまで、6、7時間。それだけあれば、仕事の話をするには充分だ。プライベート・ジェットの中なら、他人に話を聞かれる心配もないしな」

爽太郎は、そう言って白い歯を見せた。エヴァも、微笑。

「さすが、鋭い勘ね」と言った。

9

「今回のクライアントは、フランス政府よ」とエヴァ。

「フランス？　となると、ワインかフォアグラのキャンペーンかな？」爽太郎は白い歯を見せた。

「残念ながら、違うわ。依頼されてるのは、公共広告よ」

とエヴァ。資料らしいファイルを出そうとした。

「資料はいいから、口で説明してくれ」と爽太郎。「説明を聞いてわからないような小難しい仕事は、やらない主義なんでね」

「なるほど、あなたらしいわね」とエヴァ。資料をしまった。爽太郎の気性を知っているフレディが、ニヤニヤしている。

「ご存知の通り、フランスは過去にたくさんの植民地を持っていたわ。特に、南太平洋に」

「タヒチやニューカレドニアか……」

「それは、世界的に有名なリゾートだけど、ほかにも、たくさんの小さな島があるわ」とエヴァ。「それらの島々は、たとえいまはフランスから独立していても、それぞれの生活は、けして楽ではないの」

エヴァが言った。爽太郎は、かすかにうなずく。

「そんな、元フランス領の島々に、フランス政府としてはさまざまな援助をすることを1年前に決定したの」

「援助？」

「そう、発電所を造ったり、道路の整備をしたり……」とエヴァ。テーブルに置いたノートパソコンを操作する。一枚の画像を出した。

南洋の島らしい、小さな家。家と呼ぶより小屋という感じだ。

その入り口付近、ポリネシアンらしい一人の少年が、机に向かっていた。何か、ノートに書いている。少年の横顔には、灯がともっている。

「この島には、これまで電気がなかった。でも、フランス政府の援助で、島には発電所ができ、こうして家々に灯りがともったの」とエヴァ。「こうした島々への援助活動を、一般の人々にも知ってもらいたい。そのためのキャンペーンを展開したいというのが、政府の狙いよ」

エヴァは言った。爽太郎は、ヴーヴ・クリコに口をつけた。

「このところ、大統領の支持率が落ちてるところだし……」と言った。

エヴァは苦笑い。

「そういう一面はあると思うわ。でも、フランス政府がやってることは、基本的にいいことよ。島の人々の暮らしが良くなるんだから……」

爽太郎は、小さくうなずいた。かつて旅した島々の光景を思い起こしていた。

10

「ひとつ疑問が残るな」と爽太郎。エヴァがまっすぐに爽太郎を見た。

「フランス政府のキャンペーンなら、なぜフランス人のスタッフに作らせないんだ？」と言った。

「もちろん、フランス政府としては、フランス人のCFディレクターにキャンペーンを依頼したわ。でも」

「でも、ダメだった」

「そう。ダメだったと担当者から聞いたわ。その理由は……」

「理由は、聞かなくてもわかる」と爽太郎。ヴーヴ・クリコに口をつけた。「フランスのCFディレクターが作るものは、美しく詩的で、だが、それだけ」と言った。エヴァも、苦笑い。

「確かに、その通りね。これが、フランスのCFディレクターが提出したコンテよ」

と言い、ノートパソコンを操作した。CFのコンテらしいものが液晶画面に表示された。

爽太郎も、横目でそれを見た。

〈南太平洋の島、ヘリ撮影〉

〈青い海に囲まれた美しい島、ロングショット〉

〈ヤシの木立の中に、整備された道路〉

〈プジョーを走らせる一人の男〉

〈音楽家らしいフランス人の横顔、アップ〉

〈三十代で渋いハンサム〉

〈うっすらとはやしたヒゲもセクシー〉

〈ヤシに囲まれたコロニアル風の家〉
〈そのキッチンに、ポリネシア系の美しい女性〉
〈パレオを身につけている〉
〈彼女は何か果実をスライスしている〉
〈真剣で美しい横顔、アップ〉

〈車を駆る男。キッチンの女性〉
〈5秒ごとに、カットが入れ替わる〉
〈流れる曲は、ボレロ〉

〈彼女の家の外で車のエンジン音〉
〈それに気づいて、立ち上がる彼女〉

〈カット変わり、明け方のベッド〉
〈男と女、つなぎあった手のアップ〉

〈画面、白くF《フエード》・O《アウト》〉

〈「愛の道」の文字がF《フエード》・I《イン》〉


「こんなところよ」エヴァが言った。

「愛の道か……素晴らしい」と爽太郎。白い歯を見せた。

「嘘……」とエヴァ。

「嘘じゃない。フランス人が好きな恋愛映画のワンシーンなら、これでいいんじゃないか？」

「でも、CFとしては？」

「ゴミだな」苦笑しながら爽太郎は言った。

3　彼女は、手段を選ばない

1

「フランス政府の担当者も、頭を抱えてたわ。これでも、提出されたコンテの中で一番ましだそうよ」とエヴァ。「どうして、こうなっちゃったのかしら」と言った。

「バカなんだよ、ディレクターが」と爽太郎。エヴァは、飲みかけたシャンパンを吹き出しそうになった。紙ナプキンで、唇をぬぐう。

「あなたらしいひと言だけど、その……どの辺がバカなのか、もう少していねいに教えてくれる？」

爽太郎も、グラスに口をつけた。

「良くも悪くも、フランスの伝統だな」

「伝統？」

「ああ。君も知ってるように、フランス人は映画が好きだ。観るのも、作るのも」

「だから、フランス人で映像にかかわる人間のほとんどが、映画を作りたがる。作ってみたがる」

「……」

「だから、フランス人でCFなどを作る人間は、映画を作れない立場のやつだと思ってまず間違いないよ」

と爽太郎。エヴァが、小さくうなずいた。

「映画監督になれないから、CFディレクターの仕事をやっている？」

「例外はあっても、ほとんどがそうだろうな」

「なるほど。わかる気がするわ。だから、こんなコンテが出てくるのね」

エヴァが言った。爽太郎は、うなずく。グラスに口をつけた。

「CFの形を借りて、いわば自分の芸術的欲求を満たしたがる。一種のマスターベーションだな」

爽太郎が、そんな言葉を口にしても、エヴァはひるまなかった。

「でも……あなたは違う……」

「まあね。おれにとっては、3時間の映画を作るより、30秒のCFを作る方が面白いからな。それだけのことさ」

爽太郎は言った。スタッフが、2本目のヴーヴ・クリコを運んできた。

「そんなあなたに、今回のフランス政府の仕事は、意欲がそそられる？」

「……さあ、わからない。仕事の内容が、まだピンときてないな」

「うち、〈S&W〉にとっては、フランスからの仕事は初めてよ。もしこれが上手くいけば、今後、フランスの企業からキャンペーンの依頼が来るかもしれない」

「なるほど、そうなるといいな」

と爽太郎。エヴァは苦笑い。

「気のない返事ね。わが社〈S&W〉のCFディレクターなら、みんなこの仕事をやりたいと思うわ」

「もうやったんだろう？」

爽太郎は言った。エヴァが、少し驚いた表情を浮かべた。

「すでに、〈S&W〉のディレクターたちにもコンテを出させたんだろう？」

「……どうして、そう思うの？」

「説明するまでもないよ。こういう仕事が来たら、まず社内の制作者にやらせるのが筋だ。君も、社内のディレクターたちに、コンテを出させたはずだ」

「……」

「これは想像だが、社内のディレクターたちから出てきたコンテは、みなフランス政府に通らなかった。そこで、たまたまニューヨークに来てたおれに仕事をやらせる手を考えた」と爽太郎。「そうなると、急いでプライベート・ジェットを用意した理由もわかるな」

爽太郎は言った。グラスに口をつけた。

2

プライベート・ジェットは、アメリカ中西部、コロラド州の上空を通過していた。

テーブルには、シーフードの昼食が出てきた。ロブスターなどの、ありがちな物ではない。真鯛《スナッパー》を使った本格的なイタリア料理だった。厨房には、プロの料理人がいるらしい。

レストルームにいっていたエヴァが、テーブルに戻ってきた。

白ワインを飲んでいた爽太郎は、彼女を見た。

シャツブラウスのボタンが、1つはずれている。バストの谷間が、より強調されている。

爽太郎は、知らん顔。ワインを飲み、料理をつつく。エヴァも、仕事の話は中止。それ以上は押してこなかった。空気を読む能力にたけているのだろう。

爽太郎のグラスが空《あ》くと、

「ワイン、どうぞ」と、みずから爽太郎のグラスにワインをついでくれる。

彼女が身をのりだすと、シャツブラウスの襟元が開く。バストの谷間が、さらにのぞいた。ゆで卵のように白く艶やかな肌が、深い谷間を作っている。

彼女が着ているシャツブラウスは、しっかりした仕立てのものだ。簡単にボタンがはずれてしまうとは思えない。

バストの谷間は、一種のプレゼンテーションかもしれない。

3

ランチが一段落。エヴァは、テーブルを立つ。ギャレイの方に歩いていった。爽太郎は、フレディを見た。

「彼女は、場合によっては色仕掛けも使うのか？」と訊いた。フレディは、苦笑い。

「噂だと、仕事のためなら、なんでも使うらしい」と言った。爽太郎も苦笑し、肩をすくめる。

「そいつは楽しみだ」

4

「ところで、LAでのホテルは決まってるの？」

エヴァが訊いた。プライベート・ジェットは、そろそろアリゾナ州の上空を通過している。カリフォルニアはもうすぐだ。

爽太郎は、スマホを取り出す。メールの画面をチェックした。LAのコーディネーターからのメールはきていない。この機内では携帯電話は使えるはずだ。エヴァもフレディもスマホを使っている。

ということは、コーディネーターからの連絡がきていないらしい。あらかじめ、ホテルの手配を頼んでいたが、このところワイフが出産とかで忙しいようだ。

爽太郎は、その事情をエヴァに話した。

「まあ、LAに着いたら、ホテルは適当にとるよ。何年か暮らした街だからな」

爽太郎は言った。エヴァがしばらく考えている。

「もしよければ、なじみのホテルをとるけど？　チェーンではなく質の高いホテルよ」

「悪くないね。じゃ、頼もうか」と爽太郎。

プライベート・ジェットは、そろそろ高度を下げはじめていた。

5

LAに到着した。

プライベート・ジェットなので、国際空港ではなく、サンタモニカ空港に着陸した。

機内から出て、タラップを降りていく。

南カリフォルニアの風が、シャツのすそを揺らす。爽太郎は、その風を胸に吸い込む。

ああ、LAの風だ……と胸の中でつぶやいた。

カリフォルニアは、湿度が低い。そして、何より空気が軽いのだ。頬を撫でていく空気が片栗粉のように、サラサラとしている。

空港には、タクシーがきていた。これで、エヴァがホテルまで送ってくれるという。

爽太郎とエヴァは、タクシーに乗り込んだ。タクシーは、街の中心部に向かって走りはじめる。遅い午後の陽射《ひざ》しが、パームツリーの葉に光っている。

6

「ここに住んでいたことがあるのか？」

爽太郎は、エヴァに訊いた。彼女は、うなずく。

「〈S&W〉に移る前は、ここLAにある広告代理店で4年間仕事をしてたわ」

「へえ、その後、ヘッドハンティングでニューヨークの〈S&W〉に……」

「そういうことね」エヴァは、優雅に微笑した。タクシーは、センチュリーシティーに向かっていた。

LAは基本的にフラットな街だ。が、センチュリーシティーは違っている。高層ビルや、高層ホテルが建ちならんでいる。

そんな高層ホテルの玄関に、タクシーが止まった。エヴァと爽太郎は、ホテルの玄関に歩いていく。ドアボーイが、エヴァを見ると笑顔になった。

「お久しぶりです」と言った。エヴァも笑顔を返す。ホテルのロビーに入っていく。

「LAにいた最後の1年は、このホテルに泊まってたの。仕事をしてた広告代理店が、すぐ近くだから」

エヴァは言った。広いロビーをゆっくりと歩いていく。

ガラスと大理石を多用した、モダンインテリアのロビーだった。

爽太郎は、なんとなく周囲を見回していた。ニューヨークとLAでは、人々の服装にはっきりとした違いがある。

そのとき、ふと一人の男に気づいた。爽太郎たちの後から、ロビーに入ってきた男。背の高い白人。麻の上着を着ている。

その男の足取りが、少しおかしい。ふらついているようだ。麻の上着も、シワだらけだ。

このロビーには、似つかわしくない。

エヴァは、カウンターごしにホテルのスタッフと話しはじめた。宿泊の手配をしているらしい。

そのエヴァの背後に、男が近づいていく。男の手が、上着のポケットに入った。何かが光る。

それが小型のナイフだと気づいた瞬間、爽太郎は、早足で3歩！　男の上着のエリ首をつかんだ。ぐいと引いた。

男の体が反転した。バランスを崩した。

その横っ面《つら》に爽太郎の左ストレート！

男は、よろける。尻もちをついた。が、右手にはまだナイフを握っている。

ロビーのどこかで、女性の悲鳴！

男は、ナイフを手に立ち上がった。爽太郎を睨《にら》みつけた。その眼がチカチカと光っている。たぶんドラッグ……。

「もう、やめた方がいい。ふらついてるぜ」爽太郎は英語で言った。が、相手はナイフをかまえ、爽太郎を睨みつける。

何か、わけのわからないことを叫びながら、男がナイフを振り回してきた。爽太郎は、フットワークで楽々とナイフをかわす。

男が、バランスを崩した。

そのわき腹に、右の拳を叩《たた》き込んだ。

呻《うめ》き声。男の手から、ナイフが落ちる。両手で腹をかかえた。

その顎に、とどめの左！　男は、仰向《あおむ》けに倒れた。動かなくなった。

「警察！」爽太郎は、啞然《あぜん》としている従業員に言った。エヴァは、固まっている。

7

「容疑者は、ビル・ウィザード。36歳。住所はピコ通り《ロード》３２５９。やつが所持していた免許証からわかるのは、これだけだ」

と、ロサンゼルス市警の刑事。バリーと名乗った。四十代、がっしりとした体格をしていた。

騒ぎから1時間半。爽太郎のためにエヴァがとった三五階の部屋だ。

ナイフを振り回した男は、とっくに逮捕され、署に連行されていた。

「ロビーにいた従業員たちから聴取して、事件のあらましはわかった」とバリー。「容疑者が、刃渡り約4インチのナイフで、あなたを後ろから襲おうとした」とエヴァに言った。「ところが、ミスター・ナガレバがその男を阻止した。いま、わかってるのは、そこまでだ。男はいま興奮状態だが、明日になれば、ちゃんとした供述もとれるだろう。あんたたちからも、正式な被害届けを出してもらう必要がある」

「明日？」とエヴァ。

「ああ、悪いが、昼過ぎに署まで来てもらいたい」バリーが言った。

8

「とにかく、あなたのおかげで命拾いしたわ」とエヴァ。ミネラルウォーターを手にして言った。

「たまたまおれがいたのさ」爽太郎は、白い歯を見せた。

「……でも、あの男、なぜ……。通り魔的な犯行？」

「いや、違うな」と爽太郎。「あの男を、君は知っているはずだ」と言った。ミネラルウォーターを口に運ぶエヴァの手が止まった。

4　人生の、勝ちとか負けとか

1

エヴァのスミレ色の眼が、爽太郎をじっと見ている。

「なぜ、そんなことを……」と、つぶやいた。

「たいして難しいことじゃない」と爽太郎。「おれが彼を殴り倒したとき、君はフロアーに倒れた彼の顔を見た」

「……」

「そして、声には出さなかったが、その口が〈ビル……〉と動いた。おれには、そう見えたが」爽太郎は言った。

エヴァは、無言でいた。3秒、4秒、5秒……。

「そいつは、おれの見間違えかもしれない。だが、明日になれば、彼が正気に戻るかもしれない。そうなれば、自分からしゃべる可能性がある。君を襲おうとした理由について……」

爽太郎は言った。やがて、エヴァは、軽くため息をついた。

「軽く飲みながら、話しましょうか」と言った。

2

その30分後。爽太郎とエヴァは、ホテル最上階のラウンジにいた。爽太郎はジン・トニック、エヴァはスプモーニを飲みはじめていた。

ラウンジからは、LAの街が見渡せた。5分前に陽が沈んだところだった。空には、夕日の残照がある。パームツリーの葉が、シルエットで揺れている。

「……確かに、ビルの事は知ってるわ」

エヴァが口を開いた。

「知ってるというより親しい間柄かな？」と爽太郎。

エヴァは、微笑し、うなずいた。スプモーニをひと口。

「ビルは、コピーライターだったわ。わたしと同じLAの広告代理店で仕事をしていた」

「チームを組んでいた？」

「そうね。わたしがニューヨークの〈S&W〉に行く前の3年間、同じチームで仕事をしていた」

「個人的にも、チームを組んでいた？　無理に聞くつもりはないが」

「……どうせ、わかる事だから話すわ。確かに、2年間ほどは、恋人関係でもあったわ」

「だが、君はニューヨークの〈S&W〉に移った。能力を買われて引き抜かれたというやつだな」

と爽太郎。小皿に盛られたオリーブの実を口に放り込む。ジン・トニックを飲む。エヴァは、うなずいた。

「わたしにとっては、願ってもないキャリアアップのチャンスだったから、迷わなかったわ」

「なるほど……」爽太郎は、軽くうなずいた。意外ではなかった。第一線で仕事をしているアメリカ人女性なら、ごく自然な選択かもしれない。

「君は、ここLAの広告代理店を後にした。そして、彼のもとも去った？」

「そうね。2年間の付き合いも、マンネリ化してたし……」

「彼と組んでた仕事には、未練はなかった？」

「それは、まるでなかったわ」エヴァは微笑し、スプモーニに口をつけた。ふっと一息。

「彼は、コピーライターとしては平凡だったわ。わたしが引っ張って、キャンペーンを組み立ててた事が多かったわね」

「彼と組んでいたんじゃ、一流の仕事は出来ないと考えた？」爽太郎は言った。

エヴァは、無言。目の前のグラスを見つめている。ということは、イエスなんだろう。

「君がニューヨークに行ってから後の彼は？」

「ときどきメールが来てたわ。メールでは、仕事はなんとか続けている様子だった。けれど、流れてくる噂ではあまりかんばしくないとも……」

「かんばしくない？」

「……それまで担当してた仕事から外されたっていう噂も聞こえてた。……けど、あんなにひどい事になってたとは……」

エヴァは、表情を曇らせた。

「君とのチームが解消されたことで、仕事がうまくいかなくなった。それで君に恨みを持ち、ドラッグの勢いもあって刃物で襲うところまでいってしまったわけだな」

「たぶん……」とエヴァ。「仕事がうまくいかないことなんて、いくらでもあるわ。でも、その全員がドラックに溺れたりするわけじゃないでしょう？　結局……彼は弱かったんだと思う」と言った。

「弱かった、か……」

「そう、弱かったのだと思う。そして、人生に負けた……。そうは思わない？」エヴァが言った。爽太郎は、ゆっくりとグラスに口をつける。

「君が言いたいことは、よくわかる。アメリカのビジネス社会がとにかく弱肉強食だというのも知っている。だが、おれ自身にはまだわからないんだ」

「わからない？」

とエヴァ。その瞳が見開かれている。

「ああ、人間の強さとは、弱さとは……。人生の勝ちとか、負けとか……。それが本当にどういうものなのか、正直言ってまだわかってないな」と爽太郎。グラスを手に、白い歯を見せた。

「あなたほどのキャリアの男性でも、わからない？」

「ああ……。言ってみれば、人生まだ半ばだからね」と爽太郎。もう一度にっと白い歯を見せた。視線を外に向けた。広いガラスの外にLAの空。熟した桃のような黄昏《たそがれ》に、上昇していくジェット機のシルエット。赤い航行灯を点滅させている機影が、右から左へゆっくりと動いていた。ラウンジでは、イーグルスのバラードが低く流れていた。

3

「じゃ、これで、とりあえず終了です」

と刑事のバリー。ファイルから顔を上げた。

午後2時半。LAミッドサウス分署。事件に関する聞き取りが終わったところだった。

エヴァと爽太郎が話した内容は、容疑者ビルの供述と完全に合っていたらしい。

バリーと、部下らしいもう1人の刑事が、うなずきながらメモを取っていた。それも終わったところだった。

「ところで、これでいいんですね？」とバリー。エヴァが渡した書類を見た。

それは、ビルの罪状を出来る範囲で軽減して欲しいという被害者サイドからの嘆願書だった。爽太郎が勧めてエヴァが書いたものだ。

「よろしく」とエヴァが言った。

4

警察署を出る。明るい陽射しの中を、停めてあるレンタカーに歩く。今朝、ホテルに届けさせた車だ。

乗り込む。ニューヨークに帰るエヴァを、空港に送るために走りはじめた。

「それで、今回の仕事に関しては、どう？　引き受ける可能性は？」とエヴァ。

「まだ、なんとも言えないな。日本に戻って、考えてみるよ」と爽太郎。ステアリングを握って言った。

その時、エヴァのスマホに着信。エヴァは、メールを読んでいる。やがて、スマホをしまった。

「〈S&W〉のCEOから、じきじきのメールよ」

「ほう、社長から……」

「あなたへの、ギャラの提示よ。もし引き受けてくれるなら、100万ドルを用意してあるそうよ」とエヴァ。爽太郎の横顔を見た。表情をうかがっているらしい。

爽太郎の表情は、何も変わらない。ステアリングを握り、

「なんか、ピンとこないな」

「ピンとこない？」

「ああ。貧乏人だから、100ドル以上は計算できないんだ」苦笑しながら言った。

「冗談はいいわよ。100万ドルじゃ不満なの？」

100万ドルだと、1億円以上。一流のCFディレクターが受け取るギャラの10倍以上

かもしれない。

このフランス政府の仕事をとることは、広告代理店〈S&W〉にとって、それほど大きな意味を持ち、巨額の利益ももたらすのだろう。

「ピンとこないが、とりあえず、CEOにはよろしく伝えておいてくれ」と爽太郎。また白い歯を見せた。ステアリングを切る。サンタモニカ空港が近づいてきた。

5

「安心して、いい返事を待っているわ」

とエヴァ。爽太郎と握手をした。爽太郎は、無言でうなずいた。「連絡するよ」と言った。

エヴァは、ぴんと背筋を伸ばし、待機しているプライベート・ジェットに歩いていく。美しい金髪が空港の風に揺れる。彼女は、タラップの手前で、一瞬立ち止まる。爽太郎にうなずいた。自信に満ちた足取り。そのまま、タラップを上がっていった。

6

爽太郎は、ステアリングを切り空港から出ていく。マリブ・ビーチにレンタカーを向けた。

30分ほどで着いた。マリブ・ビーチを見下ろす丘の上。ゆるやかな斜面に広がっている明るく開放的な墓地だ。彼方《かなた》に、マリブの海が見渡せた。

爽太郎は、レンタカーをおりた。途中で買ってきたルピナスの花束を手に歩きはじめた。やがて、里美の墓に……。爽太郎は、立ち止まった。真鍮《しんちゅう》の十字架。その影が、芝生《しばふ》に長く伸びている。

爽太郎は、十字架の前に、青い花束を置いた。じっと十字架を見つめた。その時だった。静かな足音が聞こえた。爽太郎は振り向いた。ロス市警のバリーだった。ゆっくりとした足取りでやってくる。

「やはり、ここだったか」とバリー。爽太郎は、かすかにうなずいた。

「市警には、おれに関する資料が山ほどあるんだろうな」

「ああ……かなりあったよ。不幸な事件で亡くなった君の恋人のことも」とバリー。里美の墓を見た。

「いまさら言っても仕方ないが、チンピラに撃たれるとは、本当に残念な事件だったな……」

爽太郎は、また、かすかにうなずいた。

「おれにも油断があった。相手をみくびってもいた」とつぶやいた。バリーは、しばらく無言でいた。

「だが……昨日、君は落ち着いて事件を未遂に終わらせた。プロの警官より上手くやったようだ。腕を上げたというべきか……」

バリーが言った。爽太郎は、しばらく考える。そして、

「少し、遅すぎたかもしれないが……」と静かな声で言った。

バリーはしばらく黙っていた。やがて、うなずき、右手を差し出す。爽太郎と短い握手をした。何も言わず、ゆっくりとした足どりで歩き去っていった。爽太郎は、その後ろ姿を見送った。

十字架のそばでは、青いルピナスの花が、南カリフォルニアの風に揺れていた。

5　その名は、レティシア

1

「おかえりなさい、若」と巖さん。カウンターの中で笑顔を見せた。

午後2時。鎌倉、由比ケ浜通りの流葉亭。もう、昼食の客は帰ったところだ。

「そういえば、カメラマンの東堂《とうどう》さんから電話がありました」と巖さん。「若がもうすぐ帰ってくるとお伝えしたら、また電話をくれるそうです」

と言ったとたん、カウンターの端にある電話が鳴った。巖さんがとる。相手は東堂らしい。爽太郎は、受話器を取った。

「久しぶり」と東堂。「アメリカに行ってたとか」

「ああ、野暮用でね。あんたは、山梨か？」

「それが、いま東京なんだ」

「スカイツリー見物か？」

と爽太郎。受話器の向こうから笑い声。

「ちょっとした用事で、明日の便でシンガポールに飛ぶんだ」と東堂。「もし今夜、時間があれば、軽く一杯やらんか」

「悪くない。鎌倉まで来てくれれば、新鮮な魚を用意するけど」

「そりゃいい。なんせ、山梨はその点がいまいちでな」

と東堂。夕方に来ると言った。

2

「美味《うま》い」と東堂。箸を使いながら言った。

夕方の5時半。東堂と爽太郎は、ゆっくりと飲みはじめていた。テーブルには、イサキの刺身があった。淡い桃色の刺身が、青磁の皿に盛られていた。

もう5月の後半。イサキに味がのる季節だ。爽太郎たちは、イサキを口に入れ、東堂が持ってきた山梨産の白ワインを飲んでいた。

「シンガポールへは、仕事で？」と爽太郎。

「仕事じゃない。仲の良かったフランス人のカメラマンが、1年前に急逝してな……。彼を偲《しの》ぶ個展がシンガポールで開かれているんだ」

「フランス人のカメラマン？」

「ああ、水中写真の世界じゃ名の知れた男だ」

「水中写真か……。で、彼はシンガポール在住？」

「いや、家はインド洋のモルディブにあるが、仕事では、インド洋、南太平洋を駆け巡っていた」

爽太郎は、うなずいた。

「知り合ったきっかけは？」

「最初は仕事だった」と東堂。グラスを手に話しはじめた。

20年ほど前、アメリカの一流雑誌〈スポーツ・イラストレイティッド〉から、東堂に仕事が依頼された。夏に向けて、恒例の水着特集だった。

撮影地は、南太平洋のニューカレドニア。5人のモデルと、数十着の水着が用意され、ニューヨークから送り込まれた。

「ビーチなどでの撮影はおれがやったが、水中撮影も必要だった」

シュノーケルをつけたモデルが潜っているカットも必要だったという。

「その撮影をやったのが、彼、ジャンだった。カメラマンとしてはもちろん腕がよく、しかも気持ちのいい男だったよ。毎晩、ワインを飲みながら話したものだ」

と東堂。彼とジャンは、完全に意気投合したらしい。男が男に出会ったということだろう。

「その撮影が終わってからも、ジャンとの付き合いは続いたよ」

モルディブにある彼の家には、これまでに何回も行ったという。

「シンプルこの上ないが、あれは理想の住処《すみか》だな」

「彼に家族は?」

「妻とは離婚した。そして、彼は一人娘を育てていたよ」

「一人娘……」

「ああ、レティシアという子で、小さな頃から、海に潜る父親の仕事を手伝っていた。そのせいだろうが、いまでは、海洋学者の卵だよ」

「ほう……海洋学者か……」

「そうそう、スナップがあるよ」と東堂。スマホを取り出した。画像を探している。

「これは、確か4年前にモルディブを訪れたときのものだ」

東堂は、スマホの画像を爽太郎に見せた。

海をバックに、父娘《おやこ》らしい二人がカメラに向かって笑顔を見せている。

父のジャンは、四十代前半に見える。ピークを過ぎたテニス選手のような雰囲気だった。薄いブルーのポロシャツが陽焼けしたハンサムな顔を際立たせている。

となりに、娘がいた。まだ十代に見える。濃いブラウンのストレートな髪を、真ん中分けにしている。やや褐色がかった顔から、真っ白い歯を見せている。

「彼女は、純粋の白人じゃなく、どこかとのハーフだな」と爽太郎。

「ああ、母親はポリネシア系だったと、ジャンから聞いたことがある。が、おれが最初にモルディブを訪れたとき、もうその母親はいなかった。ジャンが、5歳の一人娘を育てていたよ」

爽太郎はうなずき、スマホの画面に触れた。二人の顔をアップにした。娘のレティシアは、少しはにかんだ笑顔をカメラに向けている。

「すごく素直でいい娘《こ》だ。父親を尊敬してたから、よく仕事を手伝ってたな」と東堂。

「彼女は、モルディブで育ったのか？」

「ああ、レティシアは、モルディブの島で生まれ育った。そのスナップを撮った後、つまり19歳ぐらいでシンガポールにある海洋研究所に入った」

「じゃ、いま23歳ぐらいか」

「そんなところだ。今回、ジャンを偲ぶ個展を開いたのは彼女だ。で、おれに個展の案内がきたんだ」

と東堂。ワインのグラスを口に運んだ。爽太郎は、しばらく無言でいた。

3

「あんた、明日、シンガポールに飛ぶと言ってたなぁ」と爽太郎。

「ああ」

「泊まるホテルは?」

「〈グッドウッド・パーク〉だ」と東堂。爽太郎はうなずいた。

「格調高いな。何日滞在するつもりだ?」

「しばらくぶりのシンガポールだから、3、4日はいるつもりだ。レティシアともゆっくり話したいし。……なんだ、お前さんも来るのか?」

「たまには、シンガポール航空のおネエさんにサービスして欲しくてな」

東堂が苦笑い。

「で、ホントのところは?」

「まあ、ちょっと気になることがあってね」

「気になる?」と東堂。爽太郎は、グラスに口をつける。話しはじめた。

フランス政府のキャンペーンが、広告代理店〈S&W〉に依頼されたこと……。

「そいつが、〈S&W〉のディレクターの手に負えなくて、おれに依頼がきた」

爽太郎は、キャンペーンの内容をダイジェストにして話した。東堂は、ワインを飲みながら聞いている。聞き終わると、

「確かに、有名なリゾートを別にすると、南太平洋の小島は、まだまだ貧しいな」と言った。

「そこで、フランス政府としては、島々で道路や発電所を造っているらしい。そして、そのことを世界中に宣伝したいようだ」と爽太郎。

東堂は、うなずいた。

「で、その仕事を引き受けたのか？」

「いや、まだ引き受けてはいない。テーマが漠然としてて、ピンとこないんだ。だが、いまちょっと気になる話が、あんたから出た」

「……というと、ジャンと娘のレティシアのことか？」

「ああ……。腕利きの水中写真家と、その遺志を胸に、海洋学者を目指している娘……。気になるな」と爽太郎。東堂は、うなずいた。

「確かに、あんたの心に引っかかりそうだ」

今度は爽太郎がうなずいた。

「仕事を別にしても、その娘に会って話を聞いてみたい」

「CFのモチーフにならなくても、ということか？」

「ああ、自分が生きていく理由のために、必要な気がするんだ」

「生きていく理由のために、か……。あんたらしいな」東堂が微笑しながら言った。

爽太郎は軽くうなずいた。イサキの刺身を口に放り込む。ワインをぐいと飲んだ。

4

爽太郎のスマホが鳴った。かけてきたのは、〈S&W〉のフレディだった。

「ソータロー、シンガポールに行くんだってな」

「なんのことかな？」

「とぼけなくていいよ。明日の便で飛ぶのはわかっているから」

「その情報は、どこからきたんだ」

「たいした謎ではないよ。航空会社からさ」とフレディ。「うちの社員やロケ・チームは、毎日のように世界中を飛び回ってる。ということは、大手の航空会社にとっては、超がつくお得意様なんだ」

「なるほど。そういう事か」

「ああ。ソータロー・ナガレバという日本人が、大手の航空会社に予約を入れたら、その情報が来るようになってるんだ」とフレディ。

「ところで、ソータロー、シンガポールに何の用だ？」

「海鮮中華を食いに行くのさ」

「まさか」

「じゃ、口から泡を吹いてるライオンを見物しに行くんだ」

「それを言うなら、口から水だろう。うちのエグゼクティブ・プロデューサーは、あんたがシンガポールに行くのは、今回の仕事がらみだと考えてる」

「エグゼクティブって、エヴァか？」

「そう」

「彼女には、よろしく伝えてくれ。気が向いたらシンガポールで、海鮮中華を食おうと……」

電話の向こうで、フレディの笑い声。

「わかった、伝えておく。とにかく、仕事に進展があったら連絡をよろしくな」

「聞いておくよ」と爽太郎。通話を切った。小型のスーツケースに荷物を放り込みはじめた。

5

チャンギ国際空港を出ると、湿気と植物の匂いが体を包んだ。シンガポール独特の空気だ。

爽太郎は、タクシーに乗り込む。マレーシア人らしい運転手に、「コロニアル・イン」と言った。

〈コロニアル・イン〉は、大ホテルではない。こぢんまりしているが、居心地のいいホテル。爽太郎は、以前からここが気に入っていた。

15分ほど走ると、シンガポールの市街に入る。タクシーのエアコンから、さまざまな香りが入ってくる。

中華料理に使うさまざまな香辛料やパクチーの匂い。カレー粉やガラムマサラの匂い。肉を焼く匂い。南洋らしい果実の香り、などなど……。

爽太郎は、走りすぎる街並みを眺めて微笑した。

シンガポールにやってきた。その実感が湧き上がってきた。

タクシーが、〈コロニアル・イン〉に着いた。にぎやかな街の中心部から、少し離れている。ヤシの木立に囲まれた白い建物だ。

インド系のボーイが爽太郎の荷物を運んでいく。

爽太郎は、予約しておいた四階の部屋に通された。こざっぱりしたトロピカルなインテリア。ベランダの向こうには、シンガポールの市街が広がっている。

部屋にミニバーと冷蔵庫があるのを、爽太郎は知っていた。冷蔵庫から、タイのシンハ・ビールを1瓶出す。栓を抜き、ラッパ飲み。

イエロー・ページを開き、レンタカーのページをめくる。

エイビスやハーツのような大手の会社は避ける。なんとなく、その方がいい気がしていた。地元の会社らしいレンタカー・オフィスにかけた。慣れた英語を話す女性社員が出た。

小型の日本車を、翌朝、ホテルに届けさせる手配をした。

シャワーを浴び、アロハに着替えると、もう夕方だった。今夜は、東堂と晩飯の予定になっている。爽太郎は、部屋を出た。

6

「彼女が、尾行されている？」

爽太郎は、グラスを持って訊いた。東堂が、うなずいた。

「ああ、レティシアが、誰かに尾行されているかもしれない」と言った。

6　女性であり、少女でもあり……

1

爽太郎と東堂は、チャイナタウンの菜館にいた。観光客の来る店ではない。周囲はチャイナ系の客ばかりだ。といっても、騒がしくはない。

2人は、〈明盧火鴨〉とメニューにある鴨のローストをかじり、青島《チンタオ》ビールを飲んでいた。

「尾行って、どういうことだ」と爽太郎。

「ああ、2日前に個展の会場でレティシアに会った。彼女はもちろん、おれが来たのを喜んでくれたよ。なんせ、4年ぶりだからな」

と東堂。その夜は、なじみのレストランに行ったという。

「その帰り道、彼女が、何かあたりを気にしてるんだ」

そこで、東堂がわけを訊いてみたという。

「すると、尾行されていると？」爽太郎が訊いた。

「ああ、この3日ほど、尾行されている気がするというんだ」と東堂。青島ビールで、ノドをうるおす。「個展の会場からの帰りに、見知らぬ誰かにつけられている気がするというのさ」

「何か、心あたりは？」

「まったくないらしい。レティシアは、いい加減なことを言う子じゃない」

「なるほど。で、今夜は大丈夫なのか？」

「たまたま、個展を手伝ってくれているスタッフが家まで送ってくれるらしい」

と東堂。爽太郎は、うなずいた。

「とにかく、明日、彼女に紹介するよ」

2

翌日。午前9時に、レンタカーがホテルに届いた。ニッサンの小型クーペ。日本車の多いシンガポールでは、目立たない車だ。

「オーケイ」と爽太郎。キーを受け取った。

正午過ぎ、東堂が泊まっている〈グッドウッド・パーク〉に車を走らせる。英国統治時代を偲ばせる堂々としたホテルだ。

〈グッドウッド・パーク〉で、東堂を乗せて、個展の会場に向かった。

会場は、シンガポールの中心部。オーチャード通りに面したビルにあった。

「ほう、立派なビルだな」と爽太郎。地下駐車場に車を入れた。

ガラス張りの真新しいビル。その二階にギャラリーがあり、個展が開催されている。

〈ジャン・シムカス遺作展〉と、さりげなく表示されていた。

会場には、かなりの人がいるようだ。イギリス人やフランス人らしい白人。マレー系、チャイナ系、インド系の人々……。爽太郎と東堂は、そんな会場に入っていく。

3

「やあ、レティシア」と東堂が声をかけた。一人の少女が振り向いた。

少女というのは、正確ではないかもしれない。東堂によると、確か23歳のはずだ。

が、彼女のまわりには、少女と呼びたくなる空気感が漂っていた。

身長は163センチほど。スリムな体つき。だが、胸や腰にはしっかりとした肉づきが感じられた。

彼女は、薄いブルーのタンクトップ。細身のコットンパンツをはいていた。濃いブラウンの髪は、肩にかかっている。

その顔も、肩や腕も、ココアのような薄い褐色。その褐色の肌には、しっとりとした光沢がある。その肌は、陽灼《ひや》けしたのではなく、生まれつきのものらしい。

フランス人の父、ポリネシア系の母、それが納得できる肌だった。

くっきりとした眉は、女としてはやや直線的。そして、大きな黒い瞳には、強い光があった。メイクはしていないようだ。淡いピンクのリップクリームだけをつけていた。

女性でありながら、同時に少女のようでもあった。23歳と言われれば、そう思える。17歳と言われても不思議な印象はない。

それは、主に、はにかんだような、初々しい彼女の表情からくると爽太郎は感じていた。

さらに、彼女から受ける印象には、野性的という言葉が似合うと爽太郎は思った。褐色の肌。バネのある身のこなし。それは、人慣れしていない野生動物を連想させた。都会で育った娘のものではない。

「レティシア、彼が例のソータロー・ナガレバ」東堂が言った。

「レティシアよ」彼女が微笑した。相変わらず、はにかんだような表情だった。

「よろしく、ソータローだ」と爽太郎。白い歯を見せ、右手を差し出した。彼女と握手した。

「日本から？」とレティシア。英語で訊いた。爽太郎は、うなずく。

「お父さんの写真を見たくてね」と言った。

「でも、わざわざ日本からシンガポールへ？」

「ああ、どうってことはない。ひとっ飛びだ」

と爽太郎。その時、レティシアに声をかけようと白人の男の来場者が近づいてきた。

「じゃ、お父さんの写真を見せてもらうよ」と爽太郎。彼女のそばを離れた。

4

「なるほど……」

爽太郎は、つぶやいていた。東堂と一緒に、ジャンが撮った写真を見はじめた。そして10分ほど過ぎた頃だった。

「悪くないだろう？」と東堂。爽太郎は、うなずく。

「水中の風景写真だな」と言った。

「ああ、その通りだ」並んで写真を見ている東堂が言った。

ジャンが撮った水中写真には、あきらかな特徴があった。

モルディブや南太平洋の海中を撮ったものだから、当然、トロピカルな魚や海亀などの作品が多い。

ただし、ありがちな熱帯魚の写真ではない。ひとことで言えば、熱帯魚などのいる風景写真だった。

その一例。熱帯魚を撮った写真がある。

黄色と青のバタフライ・フィッシュを、斜め上から撮っている。上から差し込む陽射しで、魚の影が海底の白い砂地に投影されている。自分がその水中にいるような気分にさせる一枚だった。

別の一枚。難破したらしい沈船。その窓から海中を撮っている。四角い窓のフレーム。その向こうに青い海があり、小さな熱帯魚の群れがシルエットで泳いでいる。熱帯魚の写真としては、ユニークなものだった。

ほとんどが、そんな写真だ。熱帯魚、海亀、イルカなどを、周囲の風景の中でとらえている。映像として美しい。水中だが、その場の空気感まで映像におさめた作品だと言える。

独特なタッチの作品群だった。彼、ジャンの作品が人気を得ていた理由がわかる……。

爽太郎は、胸の中でうなずいていた。50点ほど展示されている写真を、ゆっくりと見て回る。

5

「じゃ、おれは、そろそろ行くよ」と東堂が言った。夕方の便で帰国するという。レティシアと東堂は、一瞬、抱き合う。

「わざわざ日本から来てくれてありがとう」とレティシア。東堂は、うなずく。

「おれは帰るけど、あとはこのお兄さんにまかせる」と爽太郎を見た。「こいつは、腕利きのCFディレクターだが、それ以上に頼りになるボディーガードだ」

と言い、レティシアの肩をポンと叩いた。彼女がうなずいた。

6

「じゃ、レティシアのことはよろしくな」と東堂。車からスーツケースをおろしながら言った。爽太郎は、うなずいた。

チャンギ国際空港。出発ロビーの前だ。東堂が乗る便は、1時間後に離陸する。

「まあ、やれることは必ずやるよ。心配するな」爽太郎は言った。東堂と、うなずき合い、短い握手。東堂は、スーツケースを手に、出発ロビーに入っていった。

その後ろ姿を見送る。爽太郎は、車に乗り込む。また、シンガポール市内に向けステアリングを切った。

7

個展会場のビルに戻った。4時半だった。爽太郎は、ビルの地下駐車場に車を入れた。二階にある個展会場に上がった。

個展は、5時までだという。来場者の数も少なくなっていた。レティシアが相手をしていた来場者も、しばらくすると立ち去った。

「5時になったら、帰れるのかな?」と爽太郎。彼女は、うなずいた。

「オーケイ。じゃ、どこかで軽く晩飯にしよう」爽太郎は言った。

やがて5時になった。レティシアは、個展を手伝っているスタッフに「お疲れ様」と声をかける。小型のデイパックを肩にかける。

爽太郎と彼女は、個展会場を出た。階段で一階におりた。一階は、カフェテラスになっていた。広いスペースに、洒落たデザインのテーブルが置かれている。二人は、そのカフェ・スペースを抜けて行く。

「君の気に入りの店は?」と爽太郎。

「3ブロックほど歩いたところに、まずまずの店があるわ」とレティシア。

「了解。じゃそこに行こう」と爽太郎。カフェ・スペースを歩きながら、さりげなく視線を送っていた。

テーブルに、中年の男が2人いた。2人とも、チャイナ系のようだ。1人は、グレーのスーツを着ている。もう1人は、グレーのポロシャツの上に、紺のジャケットを着ている。

2人とも、髪はぴっちりと横分けにしている。目つきが鋭い。ビジネスマンには見えなかった。

その連中は、爽太郎が東堂を空港まで送りに行ったときも、そこにいた。2時間以上前だ。

2人が言葉を交わしている様子は全くない。1人は雑誌を読んでいる。あるいは、読んでいるふり……。もう1人は、スマホをいじっている。不自然だ。

紺ジャケットが、スマホから顔を上げた。歩いていく爽太郎とレティシアを見た。もう1人に声をかけ、さりげなく立ち上がった。

爽太郎たちは、ビルから出た。熱帯らしい湿った空気が体を包む。

この時期、シンガポールの午後5時は、まだ明るい。今日は、名物のスコールはこない。ヤシの葉や白い建物に斜めの陽が射している。

爽太郎たちは、ゆっくりと歩きはじめた。男たちが30メートルほど後ろをついてきても、爽太郎は驚かなかった。

7　シンハ・ビールは、気にくわない

1

「まずは、こいつがいいな」と爽太郎。店のメニューを見て言った。

オーチャード通りの一本裏通り。ここはニョニャ料理の店だとレティシアが言った。

マレー半島の先端にあるシンガポール。人口が一番多いのは、中国系。そして、マレーシア系の人間も多い。

そんな、マレーシア料理と中国の料理がミックスされたのが、ニョニャ料理と呼ばれている。

爽太郎が目をつけたのは、エビだ。〈炒蝦生姜手〉とメニューにある。ショウガとニンニクで炒めたエビと、英語の説明書きがある。

「じゃ、それを頼みましょう」とレティシア。メニューから顔を上げた。

「ウェイトレスを呼ぶとき、振り向いて見てくれ」と爽太郎。「端のテーブルに、ちゃんと上着を着たチャイナ系の男が2人いる。そいつらに、見覚えがないかどうか」と言った。レティシアの表情が、一瞬硬くなる。それでも、ゆっくりと振り向いて、ウェイトレスを呼んだ。

マレー系らしい太ったウェイトレスが、テーブルに来た。エビをオーダーする。爽太郎は、シンハ・ビール、レティシアはジンジャエール。ウェイトレスは、テーブルを離れた。

「あいつらを見たか？」と爽太郎。レティシアが、小さくうなずく。

「見覚えは？」

彼女は、首を横に振った。「知らない人たちよ」

「脅かしたくないが、あいつらは、個展の会場から尾行してきてる。このところ君をつけているやつらは、ああいうチャイナ系ではない？」

「つけてきたらしい人の顔は、よく見てないの」とレティシア。爽太郎は、うなずいた。

2

「悪くない」と爽太郎。エビを口にして言った。やや小ぶりなエビを、手づかみで口に放り込み、シンハを飲んだところだ。エビは、ショウガの香りが強い。

「これは、ガランガルと言って、こっちの人がよく使うショウガの一種よ」とレティシアが言った。彼女もエビを手づかみして口に運んでいる。爽太郎はまた、野性的という言葉を思い浮かべていた。

「尾行されてる感じは、いつからかな?」

「トウドウさんにも言ったけど、3日ぐらい前かしら」

「つけてきた連中は、もちろん男?」

「男の2人組らしかった。それしかわからないわ」爽太郎は、うなずく。また、エビを口に放り込み、シンハを飲んだ。

「君には、もちろん尾行されるような、心あたりはない?」

訊くと、レティシアはうなずいた。

「わたし、ただの海洋学者の卵よ。それ以上でもそれ以下でもなく……。誰かに尾行されるような理由はないわ」

爽太郎は、うなずく。シンハをひと口。さりげなく例の男たちを見た。連中はメニューを眺めている。ときおり、爽太郎たちの方に視線を送っている。

爽太郎は、レティシアを見た。

「よかったら、君のバックページスを聞かせてくれないか?」と言った。英語で、〈バックページス〉とは、その人間の背景を意味する。

3

「魚と一緒に育ったの」とレティシア。少し恥ずかしそうに言った。

「島で生まれ育ったから？」

「そう。モルディブの島は美しいけど、何もないと言えば何もないわ。レストランも、ブティックもなくて、あるのは海だけ」

「それで、魚と一緒に育った？」

と爽太郎。レティシアは、また恥ずかしそうな表情を見せた。

「とにかく、いつも海で遊んでたわ。泳ぐ、潜る、時には魚を突く……そんな毎日よ」

「学校は？」

「7歳から、近くの少し大きな島にある学校に、ドーニ、つまり島民のアシになってる小船で通ってたわ。同じ島に住んでる友達と一緒に」

「友達と？」

「そう、うちの島は、周囲が1キロもない小島だけど、もう一家族が住んでて、わたしと同じ歳《とし》の女の子がいたの。セシルって娘よ」

「なるほど……そのセシルとは、仲が良かった……」

「もちろん。何をするのも一緒だった。まるで双子の姉妹みたいだったわ」

とレティシア。爽太郎は、うなずく。シンハに口をつけた。小瓶が、空になった。

ウェイトレスを呼びながら、例の男たちを見た。2人は、何か点心のようなものをつまんでいる。そうしながら、爽太郎とレティシアの方に、しょっちゅう視線を送っている。

「ハエみたいで、うるさいな」

と爽太郎。太ったウェイトレスがテーブルにやって来た。

「シンハを1瓶、追加。それと、あの隅のテーブルにいるチャイニーズの紳士2人にも、シンハを2瓶持っていってくれ」と爽太郎。

「あの方たちですか？」とウェイトレス。

「ああ、知り合いなんでね」爽太郎は、ニコリとして言った。ウェイトレスは、うなずく。

3分ほどすると、ウェイトレスが男たちのテーブルに、シンハ・ビールを2本運んでいった。

男たちは、驚いた様子。ウェイトレスに何か訊いている。ウェイトレスは、爽太郎たちの方に振り向いて、何か言っている。

たぶん、「あちらから」と説明している……。

連中は、爽太郎たちの方を見た。爽太郎は、連中にわざとらしい笑顔を見せた。小さく手を振ってみせた。2人は、ムッとした顔をしている。

5分後。連中は、席を立つ。勘定を払い、店を出て行った。

「シンハ・ビールは、気にくわなかったらしい」爽太郎は、苦笑しながら言った。

4

「いまのは?」レティシアが訊いた。

「連中をからかったのさ」と爽太郎。新しいシンハに、口をつけた。

「正しくは、連中を追い払ったんだ。やつらは、自分たちが尾行しているのが、バレてないかどうか、わかってない。そこで、バレてると教えてやったんだ」

「それで、手を振ってみせた?」

「そういうこと。尾行してることと人相がバレてたら、あまり意味がなくなるだろう。それで、やつらは出ていった。とりあえず退場だ」

と爽太郎。レティシアがうなずいた。

「じゃ、話の続きをしようか。モルディブで育った君は、海洋学者になるために、シンガポールにやって来た。その決心をさせたのは?」

爽太郎が訊いた。レティシアは、しばらく黙っていた。

「海が好きだから……」ポツリと言った。

それはどうかな、と爽太郎は思った。何かもっと、はっきりした理由があると感じた。

けれど、無理に訊くのはやめておく。いずれ、わかるだろう……。

「モルディブの島からシンガポールにやって来て、どうだった？」

「それは、大変だったわ。ずっとモルディブの島で育って、シンガポールみたいな大都会に出てきたんだから」とレティシア。

「カルチャーショック？」

「そうね……野ウサギが街に出てきちゃったような感じだから……。マクドナルドも初めて見たし、GAPのお店も初めてだったし」

と、レティシアは苦笑い。

「からかわれた？」

「そりゃもう……。最初は、海洋研究所のみんな、珍しい魚を見るみたいな顔をしてたわ。まるで、新種の熱帯魚みたいな感じで……」

と言った。エビを手づかみで口に入れた。その動作には、やはり島から出てきた娘という雰囲気があった。

爽太郎は、心の中に何か新鮮な風が吹き抜けるのを感じていた。

5

「それじゃ、君の部屋まで送っていくよ」と爽太郎。勘定をすませて立ち上がった。

二人は、店を出る。爽太郎は、さりげなくあたりを見た。

裏通りなので、人通りは少ない。そんな通りの30メートルほど離れた路肩に、メルセデスが停《と》まっていた。グレーのセダン。スモールライトを点《つ》け駐車していた。

二人は、ゆっくりと歩きはじめた。メルセデスが、路肩から離れ、動きはじめた。

すぐに、オーチャード通りに出た。大通りなので、車が多い。爽太郎は、タクシーでレティシアを送っていくことにした。自分のレンタカーを彼らに知られたくなかった。

すぐにタクシーが来た。オフホワイトのトヨタだった。爽太郎とレティシアは、タクシーに乗り込む。ドライバーは、東洋人だった。

タイ人かヴェトナム人……。50歳ぐらいに見える。地味なポロシャツを着ていた。

「どこまで？」とドライバー。

レティシアが、住所を言った。車なら10分ぐらいの距離だ。ドライバーが、うなずいた。走りはじめた。

6

「しつこいな……」爽太郎は、つぶやいていた。

走りはじめて5分。オーチャード通りから、ペナン通りに入っていた。20メートルほど後ろを、メルセデスがぴたりとつけてくる。

「とりあえず、このままじゃまずいな」と爽太郎。

「君の部屋まで連中を案内するわけにはいかない」

レティシアも、振り返る。つけてくる車を見た。

「連中は、君に用事があるらしい。が、君が住んでいる部屋の場所はまだ知らない。もし知っていたら、そこで待ちかまえるはずだ」

「……」

「このまま、部屋に行くわけにはいかないな」と爽太郎。「その先を左折してくれ」とタクシーのドライバーに言った。

ドライバーがうなずく。スピードを落とす。パパイヤや青いバナナが山ほど積んである店の角を曲がった。メルセデスも、角を曲がってつけてくる。

「尾行されてるのかい？」とタクシーのドライバー。

「どうやら、そういう事だ」爽太郎は、答えた。

さらに、100メートル。チャイニーズレストランの角。

「そこを右に」爽太郎は、ドライバーに言った。タクシーは、派手なネオンをつけているチャイニーズレストランの角を右折した。

振り向くと、メルセデスは20メートルほど後ろをついてくる。

「きりがないな」と爽太郎。「こいつらにも退場してもらおうか……」

8　ココナッツが香る娘

1

「20メートルぐらい先で止めてくれ」爽太郎は言った。ドライバーが、タクシーのスピードを落とした。

片側一車線の道路。夜なので、人通りは少ない。

マクドナルドが営業していた。その30メートルほど先でタクシーが停まった。

20メートル後ろに、メルセデスが停まる。ライトを消した。エンジンは、かけっぱなし……。

「ここで待っててくれ」爽太郎は、タクシーのドライバーに言った。レティシアと一緒にタクシーをおりた。

「どこに行くの？」とレティシア。

「あそこさ」爽太郎は、マクドナルドを指差した。「嫌いじゃないだろう」とレティシアに言った。

二人は、ゆっくりと歩きはじめた。

やがて、メルセデスのわきを通り過ぎた。

運転席には、若い男。チャイニーズらしい。鋭い目つきで爽太郎たちを見ている。車のサイドにはスモークグラスが使われていて、中に乗っている人間は見えない。

爽太郎たちは、マクドナルドに入った。店は空いている。爽太郎は、カウンターでマックシェイク・バニラを2つオーダーした。

すぐに出てきた。金を払い、店を出る。二人とも、マックシェイクを手に歩いていく。

やがて、メルセデスのわきを通り過ぎる。

ストローからひと口飲んだ爽太郎は、

「甘いな、口に合わない」とつぶやいた。プラスチックのフタをとる。カップごと、メルセデスのフロントグラスに放り投げた。

ベシャッという音。ドロドロのシェイクがフロントグラスにぶちまけられた。

車の中から、何か叫び声。ドライバーは、ワイパーを動かす。が、シェイクは手強《てごわ》い。ワイパーはひどくノロノロとしか動かない。

「メルセデスも、たいしたことないな」

爽太郎は、苦笑した。20メートル先のタクシーに歩きはじめた。

後ろで、音がした。メルセデスの後部ドアが勢いよく開き、男が降りてきた。二人の方に駆け寄ってくる。爽太郎を睨みつけた。

見れば、あの男。さっきニョニャ料理の店まで尾行してきたやつだ。

「また会ったな、ミスター・チン」爽太郎は英語で言った。向かい合った相手は、何か中国語でわめいた。上着のポケットから、光るものをつかみ出した。

小さな金属音。飛び出しナイフの刃が光った。レティシアが、息を呑《の》むのがわかった。

やつが、爽太郎を睨みつけたまま、ナイフをかまえた。間《ま》を詰めてくる。

「やめとけよ」と爽太郎。落ち着いた口調で言った。

そばにいるレティシアの手から、シェイクをとる。フタを開け、向かい合っているやつの顔にシェイクをぶちまけた。

やつが、また何かわめいた。

「シンハ・ビールは嫌いらしいが、マックはどうだ？」

と爽太郎。やつは、左手で顔にべったりついたシェイクをぬぐおうとしている。

爽太郎は、右足でやつの手首を蹴った。ナイフが手から離れ、回りながら飛んでいく。

同時に、やつは態勢を崩した。よろける。

爽太郎は、左足でその尻を思い切り蹴った。やつは、前にのめる。道路に転がった。

「だから、やめとけって言ったのに。じゃあな」

爽太郎は、吐き捨てた。レティシアの背中を押して、タクシーに早足。

タクシーは、後部ドアを開けて待っていた。

爽太郎たちは、後部シートに滑り込む。ドアを閉める。とたん、タクシーはすばやく発進した。

振り向く。道路に倒れているやつは置き去り。路肩から、メルセデスが道路に走り出す。ただ、フロントグラスにはシェイクがべったりと広がっている。ワイパーは、ノロノロとしか動かない。視界が悪いらしく、すでにふらつきながら走ってくる。

タクシーのドライバーは、落ち着いていた。道路の左右に視線を走らせながらステアリングを操っている。

やがて、小さな交差点が近づいてきた。20メートル、10メートル……。

タクシーは、鋭いコーナリングで左折した。タイヤが悲鳴をあげた。が、タクシーは上手なコーナリングで交差点を左折。

勢いで、レティシアの体が爽太郎の方に倒れ込んできた。爽太郎は、彼女の体を受け止めた。

後ろで何か音がした。振り向く。交差点を曲がってきたメルセデスが、信号機の支柱に激しく接触したのが見えた。

前方の視界が悪く、メルセデスは、右の前部を信号機の柱にぶつけた。ノロノロと、道路に戻る。が、そのスピードは落ちている。

「グッバイ」と爽太郎。

タクシーのドライバーは、少しスピードを落とした。右折と左折を繰り返す。

「しばらく、このまま走りまわってくれ」爽太郎は、ドライバーに言った。ドライバーは、うなずいた。

2

「何か?」

とレティシアがつぶやいた。彼女は、まだその頬を爽太郎の胸に押し当てている。爽太郎は、その顔を見た。彼女が〈何か?〉とつぶやいたのだ。

「いや、ココナッツのいい香りがするから。香水でもつけてるのかな?」

「香水もオードトワレも何もつけてないわ。……でも、前にも言われたことがあるわ」

「なんて……」

「体から、ココナッツの匂いがするって」

「それは？」

「たぶん、モルディブの島で育ったからだと思う」

「ほう……」

「もちろん、いろいろな食料は本島から船で来るんだけど、島中どこにでもあるココナッツの実で育った、そう言ってもおかしくないわ」

とレティシア。

「ココナッツの実を割って中のジュースを飲むのは、毎日だったわ。あと、ココナッツの果肉は、そのままかじったり、いろいろな料理に使ったわ。お菓子もココナッツで作ったわ。そんな風に、ほとんど毎日、ココナッツは口にしてたの。だから、自分の体からココナッツの匂いがしてるのは、少女だった頃からなんとなく気づいてたわ。でも、この歳《とし》になってまで……」苦笑いして、レティシアは言った。

「気にすることはないよ。いい香りなんだから」と爽太郎。

「それならいいんだけど……」とレティシアはつぶやいた。

タクシーは、相変わらず右折と左折を繰り返していた。

3

「あんた、ただのタクシー・ドライバーじゃないな」爽太郎はステアリングを握っている男に言った。

彼が、一瞬、ルームミラーを見た。

「なぜ、そんなことを？」

「やたらに落ち着いているからさ」と爽太郎。

「さっき、おれがナイフを持ったやつと、やりあった。が、あんたは動揺する様子もなく車を運転してきた。しかも、高速で運転することになれている。ただのタクシー・ドライバーって感じはしない。違うかな？」

と言った。ドライバーは、しばらく無言でいる。イスラム教の寺院の前を走りすぎた。

「……まあ、隠しておくほどのことじゃない。以前は警官だったんだ」と言った。

「ほう、シンガポールの？」

「ああ……」と男。爽太郎は、軽くうなずいた。

「しかも、最前線にいたみたいだな」

「なぜ、そう思う？」

「そのアゴの傷が、なぜか気になってね」爽太郎は言った。男は、かすかに苦笑い。男の、首筋から左のアゴにかけて、はっきりとした傷跡があった。

「もう、尾行してきた連中はまいたようだな。よかったら、コーヒーでもどうだ。ひと休みしたいところだった」ドライバーが言った。

4

タクシーが止まったのは、チャイナタウンのはずれ。細い裏通りだった。

かなり古ぼけた二階建ての一階に、食堂がある。越南餐舘《ヴエトナミーズ・カフエ》と看板に書かれている。

男は、タクシーのエンジンを切る。運転席を降りてきた。

「ヴェトナム人なのか？」と爽太郎。

「ああ、その通り。フォー・クァンだ」と男。立ち止まる。

「おれも、さんざん日本人の客を乗せてきたが、あんたみたいな男は初めてだ」と上手な英語で言った。右手を差し出した。爽太郎と短く硬い握手をした。

フォーは、ヴェトナム人にしてはがっしりした体格をしていた。髪は短く刈っている。やはり50歳ぐらいに見えた。

3人は、店に入った。

ガランとした店内。隅のテーブルで、ヴェトナム人らしい中年男が、何か麺を食っている。シンプルなテーブルに着く。若いウェイターがメニューを持ってきた。

「おれは、これ」とフォー。〈CA PHE SUA DA〉というのを指差した。英語で、冷たいエスプレッソと説明書きがある。

「じゃ、おれたちも同じものを」と爽太郎。

5

「シンガポールでは、ヴェトナム人はマイノリティー、つまり少数派なんだ」とフォー。

「それは、警察の内部でも変わらない」と言った。爽太郎は、うなずいた。大都市の警察では、よく聞く話だ。

「しかも、シンガポールはよく言われてるほど安全な街じゃない」とフォー。

「確かに当局も治安には気をつけている。観光収入が大きな財源だからな。ただし、犯罪がないわけじゃない。いや、かなり多いかもしれない。ここには、いろんな国の連中が入り込んでるからな。中には、危ないやつらも……」

「で、あんたのその傷も、そんな事情で？」

爽太郎は訊いた。フォーは、うなずく。

「あれは私が四十代の頃だった。北朝鮮の組織が、禁止されてる象牙の闇取引をしていた」

「そこに、手入れか？」

「ああ、危険なミッションだった。そんな、危険で汚い仕事は、私たちヴェトナム人に回ってくるのさ」

「なるほど。で、あんたはその傷を負った……」

「ああ、やつらの1人が暗闇で刃物を振り回してきた。アゴと首筋を切られ、出血多量で、3カ月生死の境をさまよったよ」

「……で、結局は警察を辞めた」

「ああ、その2年後にね」

「家族の反対もあったのかな？　タクシーの中に、写真があったな」

爽太郎は言った。タクシーのメーターの近くに、スナップ写真が貼ってあった。ヴェトナム人らしい女性と少年が写っていた。

フォーは、しばらく無言でいた。冷たいエスプレッソに口をつけた。やがて、

「妻子とは、別居してるんだ。もう10年以上前からね」静かな口調で言った。

「……悪いことを聞いたかな？」

「いや、いいんだ。もう過ぎたことさ」とフォー。「危険ばかりで給料の安い警官の仕事に、ワイフは耐えられなかったんだ。よくあることだよ」

フォーは、ホロ苦く笑った。店の隅にあるＣＤラジカセからは、女性シンガーの歌う〈We're All Alone《ウイア・オール・アローン》〉が低く流れていた。

9 カツオが殴った

1

「ところで、さっきのメルセデスの連中は？」とフォー。

「どうやら、チャイニーズのようだったが」と言った。

「連中は、彼女に用があるらしく、尾行してる」

と爽太郎。わかっていることを簡単に話した。フォーは、うなずきながら聞いている。

「タチの良くない連中のようだな」

「ああ。しかも、そこそこの組織のような感じがする。チームの人数が多い」と爽太郎。

フォーは、うなずく。

「何か手を貸せることがあるかな？」

「とりあえず、ある」爽太郎は、立ち上がってウェイターのところに行った。

「ボールペンを貸してくれ」と言い、テーブルに戻った。

紙ナプキンに、車のナンバーを書いた。

「あのメルセデスのナンバーだ。もし、まだ警察に仲間がいたら、車の持ち主が調べられないか？」

爽太郎は言った。ジーンズのポケットから、シンガポール・ドルの札《さつ》を何枚か取り出した。テーブルに置いた。

フォーが、爽太郎を見た。

「あんた、あんなやり合いをしながら、相手の車のナンバーまで読んでたのか。ただものじゃないな」

「いや、たいした者じゃない。テレビ・コマーシャルをつくる仕事をしてる」

「テレビ・コマーシャルか……。まあ、聞いておこう」とフォー。信用していない表情。それでも、

「かつての仲間が、まだ警察にいる。メルセデスの持ち主は、割り出せるだろう。そのドル札の力でな」と言った。

「よろしく」と爽太郎。シンガポール・ドルの札を、フォーの方に押し出した。フォーは、うなずく。札をポケットに入れた。

爽太郎とフォーは、スマホの番号を教えあった。

「1日、2日でわかると思う」フォーが言った。

2

「そのあたりよ」

レティシアが言った。フォーのタクシーは、スピードを落とし、止まった。

リトル・インディアのはずれにあるバレスティア通り《ロード》。栄蒋旅店という小さなホテルの角を曲がって30メートル。

四階建てのアパートメントがある。一階には、タイ人がやっているらしいレストラン。

もう店は閉まっている。タイ語の看板があり、〈THAI CUISINE《タイ・キュイジーヌ》〉とも描かれている。

「待っててくれ」

爽太郎は、フォーに言った。レティシアとタクシーを降りた。アパートメントの入り口へ……。あたりには、誰もいない。

レストランの脇に入り口がある。ドアはあるが、鍵はかかっていない。入ると、明かりのついた階段がある。

三階まで上がる。廊下の左右に4部屋。その303号室が、レティシアの部屋らしい。

シンガポールでは、平均的なアパートメントだろう。

彼女はデイパックから部屋の鍵を取り出した。

「明日は、何時に出かける？」

「9時半に部屋を出て、個展の会場に行くわ」

「じゃ、その時間に迎えにくる」と爽太郎。「部屋に誰が来てもドアを開けないようにね」

「わかったわ」とレティシアが微笑んだ。小さく手を振り、部屋に入っていった。

3

翌朝。爽太郎は、ホテルに呼んだタクシーで、レティシアの部屋に行った。今日はジーンズ・スタイルの彼女を、個展の会場に送った。

開場すると、今日も来場客で賑《にぎ》わいはじめた。

この会場でレティシアを襲う人間はいないだろう。爽太郎は、会場を出る。オーチャード通りをぶらぶらと歩きはじめた。

電話がきたのは、11時過ぎだった。スマホに着信。かけてきたのは、フォーだった。

「例のメルセデスだが、車の名義がわかった」

「早いな」

「ドル札が、仕事をしたんだ」

「なるほど。それで、車の名義は？」

「リンショウ交易という会社になってる。中国系の貿易会社らしい」

「会社の場所は？」

「わかった。ハーバーエリアだ。どうする？」

「行ってみる。日本語には、先手必勝って言葉があってね」

4

「ほう、この車は？」爽太郎はフォーに訊いた。

海沿いの〈ベイ・セントラル・ガーデン〉。その広い駐車場だった。

爽太郎は、自分が借りたレンタカーで、待ち合わせした駐車場にやってきた。

1台の車に、フォーが寄りかかっている。ひどく古ぼけたジャガーXJ—Sだった。塗装ははげかけ、錆《さび》も浮き出ている。旧イギリス領のシンガポールでは、こんな車もときどき走っている。爽太郎は、その隣りにレンタカーを止めた。エンジンを切って降りた。

「このボロは？」

「ボロは余計だ。これでもジャガーさ。まあ、乗れよ。走りながら話す」とフォー。運転席に乗り込んだ。

「ヴェトナム人の仲間が、中古車を扱う仕事をしててな」

「そこから借りた車か？」と助手席の爽太郎。

「まあそうだが、どっちみち廃車にするつもりの車だからタダだよ」

「もとの持ち主は？」

「イギリス人だが、死んでる」

「そうか。じゃ、ベコベコに壊してもいいわけだ」

「まあな」フォーは、苦笑いした。

「で、例のチャイニーズの会社は？」

「ああ、いちおう魚介類の貿易をやっている会社だとさ。インド洋で獲《と》れたマグロやカツオ。東南アジアで獲れたエビなどを扱っていることになっているよ」

「なるほど。じゃ、マグロの買い付けに行くか」

微笑しながら爽太郎は言った。車は、海沿いのエリアを走っている。

シンガポールは、貿易の拠点だ。アジア、インド洋、オーストラリアなどの中心にあるからだ。いまも、海上には多くの貨物船が見える。海沿いには、荷揚げ用のクレーンがあり、倉庫が立ち並んでいる。

車は、そんな海沿いを走っていく……。

5

「ここだな」とフォー。ジャガーのスピードを落とした。

海に面したかなり広い敷地。フェンスで囲まれている。中には、コンクリートの建物がある。

フェンス沿いに行くと、敷地の入り口がある。〈練鍾交易公司〉と看板が出ている。

フェンスの出入り口は、開いている。フォーは、敷地の中に車を乗り入れた。

中には、小型のトラックが4、5台駐まっている。人の姿は見えない。

建物の近くにフォーは車を停めた。エンジンを切る。爽太郎とフォーは降りた。

四角いコンクリートの建物。一階にはシャッターがあり、その一部は開いている。爽太郎たちは、中に入って行った。

天井の高い空間。作業場のようだ。小型のベルトコンベアーがあり、冷凍された魚が、ゆっくりと運ばれていた。ひんやりした空気が体を包む。

魚は、どうやらカツオ……。

爽太郎たちが入っていくと、ベルトコンベアーが止まった。

作業をしている5、6人の男たちが、爽太郎とフォーを見た。

若い作業員たち。全員が中国系らしい。薄汚れたTシャツを着て作業をしている。

いまは、みな手を止め、爽太郎たちを見ていた。

「なんだ」1人のやつが言った。鋭い目で爽太郎たちを見た。

「査察だ」と爽太郎。

「なんだと？」

「言葉がわからないのか。査察、つまり手入れだ」

「なんの手入れだ」と相手。爽太郎は、ポケットから日本の運転免許証を出す。チラリと見せた。

「おれたちは、国連の査察官だ。お前ら中国人が、あちこちで魚を獲りまくってるのはバレてる。その実態を把握しにきた」

爽太郎は言った。ベルトコンベアーに近寄る。

「お前らが乱獲してるサンマにしちゃ、太い。こいつはカツオだな。どこで獲ってきた」

「どこだっていいだろう」

「よかないよ」

爽太郎が言ったときだった。視界の隅で人の動き！

若い中国人の1人が、何かつかんだのが見えた。かかってくる!

爽太郎は、相手に向き直った。

握っているのは、手鉤だった。木の柄に、鋭い金属の鉤がついている。大きな魚に打ち込んで動かすための物だろう。

中国人は、何か叫ぶ。手鉤でかかってきた。爽太郎の頭めがけ鋭い鉤を振り下ろしてきた!

爽太郎は、ベルトコンベアーの上のカツオをつかんだ。冷凍されたカツオを両手でつかむ。

振り下ろされた手鉤を、それでうけた。

カツオに鉤が刺さった。冷凍のカツオ、その腹に鋭い鉤がぐさりと刺さる。

相手は、あわてた顔。手鉤を引き抜こうとした。なかなか抜けない。ぐいぐいと引く。

爽太郎は、カツオをぽいと放した。

手鉤を引っ張っていた相手は、後ろにのけぞる。バランスを崩し、尻もちをついた。コンクリートの床に、背中と頭を打ちつけた。何かうめいた。

2人目! 爽太郎に殴りかかってきた。

爽太郎は、またカツオをつかむ。かかってきた相手の顔面を、冷凍カツオで殴った。

カチカチに凍ったカツオで殴られた相手は、悲鳴をあげる。コンクリートに転がった。鼻血がシャツを汚しはじめた。

「冷凍技術は、なかなかだな」

爽太郎が言った3秒後だった。

「ストップ！　動くな」

フォーの声が鋭く響いた。爽太郎は、振り向いた。

フォーは、小型の拳銃を構えていた。その場の全員が固まった。

爽太郎は、フォーの視線の先を見た。

いつの間に姿を現したのか、中年の男がいた。明らかに中国人。ネクタイを締め、紺のジャケットを着ている。

その右手がジャケットの内側に入っている。

フォーは、男に銃口を向けたまま。

「ゆっくりと右手を出して、両手を頭の後ろで組め」と言った。冷静な声だった。

男は、ゆっくりと両手を頭の後ろで組んだ。フォーは、そいつに銃口を向けたまま近づいていく。

やつのジャケットの前を開いた。

革のショルダーホルスター。脇の下に、拳銃をおさめている。

フォーは、その拳銃に手をのばし引き抜いた。

「洒落たものを持ってるじゃないか」と言った。右手に自分の拳銃、左手に奪った拳銃を持つ。爽太郎を見た。

目で〈ずらかろう〉と言った。

「このままですむと思うなよ」ジャケットを着た男が、英語で言った。

「次はチャーハンでもおごってくれるのか？　楽しみにしてるぜ」爽太郎が答える。

フォーと爽太郎は、ゆっくりと後ずさり……。建物から出た。連中が追ってくる様子はない。

フォーの車に乗って、走りはじめた。

「やつらへの挨拶はすんだな」とフォー。

「ああ、そういうことだ。連中、しばらくは警戒するだろう」爽太郎が言った。

10　一生を賭けた夢

1

「いつも拳銃を持ってるのか」走りはじめた車の中。爽太郎は訊いた。フォーは、うなずく。

「近頃は、シンガポールも物騒だ。タクシー強盗も少なくないんでね」

グローブボックスを開け、自分の拳銃を入れた。片手でステアリングを握り、中国人から奪った拳銃も見た。小型のオートマチック。

「ワルサーか。中国人の悪党たちもレベルアップしたな。昔は、ロシアの密造拳銃を使ってたんだが」

「サンマでしこたま儲《もう》けてるんだ」

「そうかもしれんな」とフォー。苦笑いした。そのワルサーも、グローブボックスに放り込んだ。

「収穫その1、やつらが、想像以上にやばい組織だとわかった」と爽太郎。

「ああ、冷凍カツオの商売をやってるやつが、拳銃を所持してる理由がないな」

「貿易会社は表向きで、裏ではいろいろやってそうだ」

「たぶんな……。だが、一つわからない事がある。やつらが、なぜあの娘《こ》を追い回してる」

とフォー。

「デートに誘いたいのかもしれない。が、本当の理由は、おれにもまだわからない。たぶん彼女本人にも……」と爽太郎。「だが、やつらとやり合ってるうちに、何かわかってくるかもしれない」

ステアリングを握っているフォーが、爽太郎の横顔をちらりと見た。

「あんた、本当に腹がすわってるな。命は惜しくないのか？」

「たいして。それは、あんたも同じじゃないか」言うと、爽太郎は白い歯を見せた。ジャガーは海沿いの道を走っていく。

2

「拳銃を?」

レティシアが訊き返した。箸を動かす手が止まっている。

夕方の6時過ぎ。二人は、〈恩記〉という店にいた。まだ、店はすいている。外では、シンガポール名物のスコールが降っていた。激しい雨が道路に叩きつけている。

「そう、かなり高性能の拳銃を所持していた。貿易会社の人間としては、不自然だ」

と爽太郎。箸を持って言った。テーブルにあるのは、〈牡蠣煎〉。小ぶりな牡蠣《かき》を使ったお好み焼きだ。

「連中は、貿易会社を隠れミノに使っているようだ。実際、多少は貿易の商売をしてるかもしれない。が、裏では何か違法な仕事をやってると思える」

「裏で……」

「ああ、拳銃を持ってたやつはもちろん、ほかの連中も、平和な市民じゃないよ」

爽太郎が言った。レティシアの表情が曇った。

「まあ、あまり心配するな。君の身は、ちゃんと守るよ」

3

「わたしの研究？」レティシアが訊き返した。

「ああ。君は、海洋研究所でどんな研究をしてるんだ？」爽太郎は、訊いた。レティシアは、冷たいジャスミン茶をひとくち。

「ひとことで言えば、海水から真水を作るための研究よ」

「真水か……」爽太郎は、つぶやいた。

「南洋の小島では、いつも水が不足してるわ」

「モルディブでも？」

「もちろん。真水は、本島からドーニで運ばれてくるわ。でも、海が荒れれば、それも来ない。海が荒れなくても、真水の量には限界があるわ」

「雨水をためるとか？」

「雨期なら、ある程度は有効よ。でも、モルディブの雨期は、そう長くない。あとはカラカラよ。このシンガポールみたいに、しょっちゅうスコールがくる事は、南洋の島ではまず無いわ」

「なるほど。そこで、真水を作る研究を？」と爽太郎。レティシアは、うなずいた。

「海水から真水を作る装置があると、聞いたことがあるけど」と爽太郎。

「あるけど、相当に大がかりな装置だし、費用もすごくかかるの。小さな島々に設置するのは無理よ」

「じゃ、君が作ろうとしてるものは？」

「最終的に作りたいのは、小型の冷蔵庫ぐらいの大きさで、価格も安いものよ」

レティシアはその価格を言った。日本円にすると、3万円ぐらい……。

「それで、海水から真水が作れる？」

「ええ。ごく簡単に海水から飲料水を作れるようになるわ」

「簡単に海水から飲み水か……。それは、大変な発明になるが、かなえるのが難しそうな夢だな」

と爽太郎。レティシアは、うなずいた。

「まだ、研究の第一段階よ。でも、絶対に完成させるわ」

「どのくらい時間がかかっても？」

「もちろんよ。一生を賭けてかなえる夢よ」レティシアは、きっぱりと言った。爽太郎は、彼女を見た。

「君が、そこまでの決心をした理由は？」と訊いた。

レティシアは、しばらく無言……。

「モルディブみたいな小さな島で生まれ育ったら、真水の大切さは嫌でも感じるわ。それが理由ね」

と言った。爽太郎は、うなずいた。が、彼女が真実のすべてを話したとは感じられなかった。

なぜレティシアが海洋研究所に入り、海水から真水を作る研究をしているのか……。特別な理由がありそうだった。その理由は、いずれわかるだろう。爽太郎は、それ以上、彼女に訊かなかった。皿の牡蠣に箸をつける。

4

スコールは、上がったか……。

爽太郎は、胸の中でつぶやいた。ホテルの部屋。ひとり、ジン・トニックを手にしていた。

レティシアを部屋に送り、ホテルに戻ったところだった。

スコールは5分ほど前に弱まり、完全に上がった。爽太郎は、自分でジン・トニックを作り飲みはじめたところだった。

心の中が波立つのを感じていた。

CFのアイデアが浮かんでくるときに独特の、心の波立ちだった。

ジンが、体の中を駆け巡るのを感じていた。爽太郎は、籐《とう》の椅子に座り、足を投げ出して、集中力を高める……。

5

「わたしを、テレビ・コマーシャルに?」

とレティシア。驚いた表情をした。

「突然の話なんで、びっくりしても不思議はないな。でも、こいつはジョークじゃない。真面目な話だ」

と爽太郎。車のステアリングを握って言った。

午前9時半。レティシアを、彼女の部屋から個展の会場に送っていくところだった。

シンガポールの朝は早い。芝生の公園では、年配の男女たちが太極拳をやっている。そんな光景を眺めながら、車を走らせる。

「あなたが、有名なディレクターだというのはトウドウさんから聞いてるわ」とレティシア。

「有名かどうかは知らないが、テレビ・コマーシャルの仕事をしてるよ」

「そんなあなたのコマーシャルに、わたしが出る？」

「もちろん、君がよければの話だし、まだ、どんなコマーシャルかも説明してない」

と爽太郎。

「今回のコマーシャルは、公共広告と言えるだろう。広告主は、フランス政府ということだ」

「フランス政府？」

爽太郎は、うなずいた。キャンペーンのアウトラインをごく簡単に説明した。

フランス政府が、南洋の島々に、発電設備や道路整備などの援助をしている。

そのことをテーマにしたキャンペーン。

「まあ、ざっと話せば、そんなところかな」と爽太郎。「もちろん、これに出る出ないは君の自由だし、急に決められることでもないだろう」

爽太郎は、ステアリングを切った。タイの寺院の角を曲がる。

「とりあえず、君が所属している海洋研究所を見たいな。個人的な興味からも」

レティシアが、うなずいた。

「ちょうどいいわ。この個展の間は特別に休みをもらっているんだけど、そろそろ研究所に顔を出そうと思ってたところよ」

「いつ？」

「今日の午後でもどう？　3時からは、スタッフに個展を任せられるわ」

「了解」

6

「セントーサ島か……」と爽太郎。車のギアを入れながら言った。

午後3時。個展の会場を出ようとしていた。海洋研究所は、シンガポール南端のセントーサ島にあるという。

シンガポールそのものは、赤道直下の都会だ。セントーサ島は、その沖にあるリゾート。白い砂のビーチ、ホテル、テーマパークなどがある。

海洋研究所は、そんな島の端にあるという。

爽太郎は、うなずいて車を走らせはじめた。しょっちゅうミラーを見る。今のところ、尾行してくる車などはいない。

7

「日頃は、どうやって研究所に通ってるんだ？」

爽太郎は、助手席のレティシアに訊いた。車は、シンガポール南端のベイエリアから、500メートルほどの橋を渡りセントーサ島に向かっていた。

「いつもは、モノレールで通ってるわ」とレティシア。爽太郎は、うなずいた。

街とセントーサ島は、モノレールやケーブルカーで結ばれている。

やがて島に入った。ヤシの木立の間に、近代的で洒落たリゾートホテルが見える。水着の上にTシャツを着たリゾート客たちが、自転車で走っている。

8

「そこよ」レティシアが言った。

島の南東部。海に面して研究所があった。南洋杉の並木があり、その先に建物がある。

白い門を抜け、敷地に入った。地中海風の白い建物は、二階建て。前には、プジョー、シトロエンなどのフランス車が4台ほど駐まっている。スタッフはフランス人が多いのかもしれない。爽太郎は、その端に車を停めた。

二人は、建物に入っていく。タイルを敷き詰めたホール。ひんやりした空気。快適にエアコンがきいている。

「所長のリックには、あなたが来ることを知らせてあるわ」

とレティシア。白い壁の廊下を歩いていく。ドアの1つをノックした。

「リック」と声をかけた。ドアを開いた。

中には、初老の男がいた。銀色の口ヒゲをはやしている。振り向いて爽太郎を見た。

「ミスター・ナガレバだね」と彼は笑顔を見せる。「シャンパンは、ドム・ペリニオンとテタンジェのどっちにする?」

11　ドム・ペリは趣味じゃない

1

爽太郎は、一目で、このリックという男を気にいっていた。

研究所の所長というから、やや堅苦しい男を連想していた。が、その予想は見事に外れた。

部屋は、ニースあたりにあるホテルのようだった。ホテルの部屋と違うのは、大きなガラスのデスクがあるところだ。

そして背後の棚には、海に関する文献が、ずらりと並んでいた。

それにしても、出会って最初のひとことが〈ドム・ペリか、テタンジェ？〉とは……。

爽太郎は、苦笑してリックを見た。

髪も口ヒゲも銀色。顔や手足は、よく陽灼けしていた。ラコステの半袖ポロシャツ。シヨートパンツ。こげ茶のデッキシューズを履いている。

「で、ドム・ペリとテタンジェ、どっちがいい？」とリック。フランス語の発音が感じられる英語で言った。

「それなら、テタンジェにしてくれ」と爽太郎。

「ドム・ペリより？」

「ああ、好き嫌いで言えばね」

と爽太郎。リックは笑顔を見せる。デスクの上にある銀のバケツ。そこからテタンジェをつかみ出した。慣れた手つきでコルクを抜いた。3つあるグラスに注いだ。その1つを爽太郎に差し出し、

「帰りの運転なら、気にしないでいい。ぜひ、泊まっていってくれ。部屋を用意させるから」と言った。

「サービス満点だな」

「君は特別だ」とリック。シャンパングラスを挙げて見せた。

2

「この研究所には、さまざまな国からお客さんが視察に来るよ」

とリック。爽太郎、そしてレティシアはシャンパングラスを手にしていた。

「うちの海洋研究所では、インド洋でマグロの生態研究もしているから、日本人のお客さんも来る。政府の人間、商社の偉いさんなどなど」

とリック。

「そんなお客さんは、必ずシャンパンで歓迎するようにしてる」

「ドム・ペリかテタンジェ？」

「そう。だが、そんな日本人の全員がドム・ペリを選んだよ、なぜか」

「理由は簡単。ドム・ペリが有名だからさ」と爽太郎。リックは、軽く苦笑した。

「その通り。確かに、ドム・ペリは世界一有名なシャンパンだ。価格も高い。だから、彼らはドム・ペリを選ぶ。つまり、シャンパンの肩書きで選んでいる」

「日本人は、肩書きが好きなんだよ」と爽太郎。リックは、微笑しながらうなずいた。

「そうらしいな。彼らは初対面で必ず名刺を出すよ」

「名刺を出さないと、自分が偉い立場の人間だと主張できないんだ」

爽太郎は、苦笑しながら言った。

「しかし、君は名刺を出さなかったな」

「出すも何も、名刺を持ってないよ」

爽太郎は、苦笑いしながら言った。リックは、大きな笑顔を見せた。

「それはいいな。名刺も出さず、ドム・ペリも選ばない、最初の日本人だ。君との出会いに乾杯しよう」

リックが言った。爽太郎、レティシアと、あらためてシャンパングラスを合わせた。

3

「このエビは？　研究用か？」

と爽太郎。大きなエビを見て訊いた。

「いや、食用さ。これから焼くとしよう」リックが言った。

20分後。爽太郎とリックは、研究所の建物から外に出ていた。海に面して、広いウッドデッキがある。

船外機のついた小船がウッドデッキに接岸した。研究所のスタッフらしい若い男が、エビの入った籠を持ってデッキに上がってきた。

やがて、スタッフは、バーベキューグリルでエビを焼きはじめた。

いまレティシアは、自分の研究室をのぞきに行っている。リックは、研究所の建物に振り向く。

「……彼女、レティシアがやっている研究は、とても重要なものだ。手軽に海水から真水を作るという挑戦は……」

と言った。2本目のテタンジェを開けはじめた。

「その重要さとは？」

「われわれがやっている研究は、さまざまだ。その中には、学術的な意味があるものも多い。それは、研究のための研究とも言える。だが、レティシアがやっている研究は、直接的に人の生活を変える。その価値は限りなく高いよ」

リックは言った。爽太郎のグラスに新しいテタンジェを注いだ。

「まあ、そんな硬い話は置いておいて、飲もう。君とは話が合いそうだ」

とリック。エビを焼くいい匂いが、あたりに漂いはじめた。レティシアが、デッキに出てきた。

4

「ほう、臨戦態勢か……」

爽太郎は、ビルの窓から外を見てつぶやいた。

3日後。昼過ぎだ。個展会場の外に、不審な車が2台停まっていた。

2台ともメルセデスだった。が、いかにもその手の連中が乗りそうな大型で黒塗りのメルセデスではない。新しいタイプの中型セダンが2台、個展を開催しているビルの前に駐車していた。

それぞれの車から、1人ずつおりて、あたりを見渡している。やはり中国人らしい。レティシアが出てくるのを見張っているように見える。

連中は、この前、大型のメルセデスで失敗した。そこで、追跡に向いた中型車を用意したのかもしれない。

レティシアは、個展の会場で来場者の相手をしている。

爽太郎は、スマホを出す。フォーにかけた。4回目のコールでフォーが出た。

「おれだ。ちょっと頼みたいことがある」

「何かな」

「例のボロいジャガー、貸してくれないか？　返せないかもしれないが」

爽太郎は、簡単に事情を話した。

「わかった。車をそっちに持っていくよ」

「よろしく。4時頃までに頼む」

5

4時10分前に、フォーはやって来た。爽太郎は、地下駐車場におりていく。

例のジャガーがエンジンをかけて停まっていた。爽太郎の姿を見ると、フォーがジャガーをおりてきた。ブリティッシュグリーンのジャガーXJ―S。爽太郎は、レンタカーのキーを渡した。

「そこのニッサンだ。預かっていてくれ」

フォーは、うなずいた。

「ビルの外に、目つきの悪いチャイニーズたちがいる。気をつけるんだな」と言った。

「わかってる。応援が必要なら連絡するよ」

と爽太郎。フォーは、またうなずく。爽太郎からキーを受け取る。レンタカーに乗って地下駐車場を出ていった。

6

「怪しい連中が？」

とレティシアが訊き返した。その表情が緊張した。午後4時半。個展の会場から出ようとしていた。

「心配しないでいい」と爽太郎。レティシアと地下駐車場に降りていった。

フォーが持ってきたジャガーに乗り込む。エンジンをかける。スロープを上がって、地下駐車場から外に出た。

若い中国人が、駐車場の出入り口を見張っていた。ジャガーに乗っている爽太郎とレティシアに気づいた。仲間たちに何か叫んだ。

見張り役の中国人たちは、急いで2台のメルセデスに乗り込む。

爽太郎がステアリングを握ったジャガーは、オーチャード通りに出ていく。メルセデスも、路肩から発進した。

夕方近い大通りは、かなり混んでいた。車は、ノロノロと動いている。

爽太郎は、ミラーを見た。すぐ後ろに、メルセデスの1台が迫ってきていた。

「ハエみたいなやつらだな」爽太郎は、苦笑した。

ノロノロと、5分ほど大通りを進んだ。

「背もたれに背中と頭をつけて！」

爽太郎は、助手席のレティシアに言った。ギアをリバースに入れた。アクセルを踏み込む！

7

一瞬、タイヤが空回り！

悲鳴のような鋭い音！

ジャガーは勢いよくバック！　4メートル後ろにいたメルセデスに突っ込んだ。

ショック！　金属がぶつかり潰れる音！

爽太郎は、すぐにギアを入れ替える。1メートルほど前進。

「車を降りるな」落ち着いた声でレティシアに言った。

運転席のドアを素早く開ける。降りる。後ろのメルセデスに早足。

メルセデスの前部は、ひどいことになっていた。

ボンネットは、くの字のように大きく浮き上がっている。フロントグリルは完全に潰れている。ラジエーターグリルから水蒸気が噴き出していた。

爽太郎は運転席を見た。

エアーバッグが飛び出している。ステアリングを握った中国人が、呆然《ぼうぜん》とした表情をしている。

爽太郎はニコリとして、親指を立ててみせた。

2秒後、後ろのドアが開く。ナイフを握った中国人が、あわてて出てこようとした。爽太郎はドアに体当たり。相手の頭と上半身がドアにはさまれる。うめき声。その手からナイフが路面に落ちた。爽太郎はナイフを蹴り飛ばした。

相手が車をおりてきた。若い中国人。爽太郎を睨みつける。つかみかかってきた。

その手をはらう。

やつの鼻づらに、狙いすました爽太郎の右ストレート！　きれいにヒット！

棒立ちになった、その横っ面に左フック！　叩き込んだ。

やつは、仰向けに転がった。動かなくなった。シャツに鼻血が流れている。

歩道にいる人間たちは、何ごとかと、立ち止まって見ている。

爽太郎は、素早くジャガーに戻った。乗り込む。ギアを入れ、発進した。

「この車は大丈夫？」と助手席のレティシア。その表情が緊張している。

「たぶん」

アクセルを踏み込みながら爽太郎は言った。

最近売り出されている中型のメルセデスは、燃費を考えたのか、昔ほど頑丈に作られてはいない。

比べて、爽太郎たちが乗っているジャガーXJ—Sは古い。スピードこそ出ないが、重く頑丈に作られている。

そのことが、爽太郎の頭にはあった。

ミラーの中で、ボンネットが浮き上がったメルセデスが小さくなっていく。

8

「しつこいな」ステアリングを握った爽太郎は、つぶやいた。

5分後。混んでいるオーチャード通りから、左折。アラブ人の多いエリアに入っていた。

2台目のメルセデスが、追跡してきていた。

やがて、一方通行の道路に入った。後ろのメルセデスが、スピードを上げ迫ってくる。

12　コンテは頭の中にある

1

かん高いエンジン音！

メルセデスが距離をつめてきた。ジャガーのすぐ後ろに迫ってくる。

やつらのメルセデスは左にステアリングを切った。ジャガーの左側に出ようとしている。

さらにスピードを上げた。

爽太郎は道路の左右を見た。左には、寺院がある。

アラブの寺院らしく、敷地が広い。高さ2メートルほどのコンクリート塀が延々と続いている。

やがて、左に出たやつらのメルセデスがジャガーと並んだ。ステアリングを握っている中国人の顔がちらりと見えた。ジャガーの前に出て、進路をふさぐつもりらしい。

爽太郎は、ジャガーのステアリングを思い切り左に切った。金属がぶつかる衝撃音。ショック。横から体当たりされて、メルセデスはふらつく。

爽太郎は、さらにステアリングを左に切る。ジャガーが、またメルセデスの横側にぶつかった。

2台は、走りながらどんどん道路の左に寄っていく。

やがて、メルセデスの左側が寺院の塀に触れた。車とコンクリートの塀が擦《こす》れるガリガリという鋭い音！

それでも、爽太郎はステアリングを左に切ったまま。

ジャガーがメルセデスを塀に押しつけながら走っていく。

メルセデスの中では、中国人が何か叫んでいるのが見えた。

しだいに2台のスピードが落ちていく。

人間が走るぐらいのスピードになり、歩くぐらいのスピードになり、やがて止まった。

ジャガーは、やつらのメルセデスを寺院の塀に押しつけたまま止まった。

爽太郎は、ステアリングを握ったままメルセデスを見た。

左は寺院の塀、右はジャガー。その間にはさまれて、メルセデスは止まっている。どのドアもまず開けないだろう。

車の中では、4人の中国人がわめいている。ドアを開けようとしている。が、ドアはビクともしない。

「当分そこにいろ」と爽太郎。まず開きそうもない。

その時だった。メルセデスの助手席にいる中国人が拳銃を手にしたのが見えた。銃口を向けようとしている。

「伏せろ！」

と爽太郎。レティシアの肩をつかんだ。彼女が、上半身を伏せた。

メルセデスの中、拳銃をかまえたやつを、別の1人があわてて制した。かまえた拳銃をおろさせたのが見えた。

「ずらかろう！」

と爽太郎。ジャガーのドアを開ける。レティシアと車を降りる。走り出す。

2

50メートルほど行く。広い通りに出た。車が行き来している。すぐにタクシーが来た。爽太郎はタクシーを止めた。乗り込む。運転手はタイ人らしい。それでも英語で、「どこまで？」と訊いた。

「とりあえず、まっすぐ走ってくれ」と爽太郎。スマホを取り出す。フォーにかける。すぐに出た。

「どうした？」

「ジャガーはやはり返せない。悪いな」

「かまわないさ」

「いまどこだ」

「この前のヴェトナミーズ・カフェだ。これから晩飯だ。なんなら一緒にどうだ。ビールもある」

「悪くない。行くよ」

爽太郎は通話を切った。運転手に、店の場所を言った。うなずくと、運転手は少しスピードを上げた。

かけているラジオから早口のタイ語が流れている。タイ人向けのラジオ局だろう。ニュースの時間帯らしい。

「オーチャード通りでなんか交通事故があったらしいですよ」と運転手。爽太郎は、うなずく。

「運転には気をつけなきゃ」

3

タクシーが止まった。爽太郎は料金を払い、レティシアと降りる。

フォーのタクシーが店の前に停まっている。入ると、奥のテーブルにフォーがいた。何か麺を食べている。器からいい匂いが漂っている。

「こいつは?」

「バインダークア」とフォー。

「田んぼにいるカニで出汁《だし》を取ったヴェトナムの麺。美味しいわよ」レティシアが言った。

席につくと、とりあえずシンハ・ビールを頼んだ。ノドが渇いていた。グラスに注いだシンハを、爽太郎は一気に飲み干した。レティシアもシンハを少し飲む。

「オーチャード通りで、やらかしたらしいな」とフォー。

「大した事は無い。連中のメルセデスに軽くぶつけただけだ」

爽太郎は笑顔で言った。2本目のシンハに口をつけた。

さっきまでの出来事を、ダイジェストしてフォーに話した。そして、

「ひとつ、わかった事がある」と言った。フォーが、麺から顔を上げた。

爽太郎は、レティシアを見た。

「2台目のメルセデスを塀にこすりつけた時、やつらの1人がこっちに拳銃を向けてきた。が、仲間が撃たせなかったな」

レティシアは、じっと爽太郎を見ている。

「あの至近距離で撃たれたら、少しやばかった。が、やつらは撃ってこなかった。それでわかる事がある」と爽太郎。「やつらは、君を追いかけ回している。が、それは、殺すためじゃないな。何かの理由で君をつかまえる事が必要、あるいは君から聞き出したい何かがあるんだろう」

と言った。箸を持っているフォーも、うなずいた。

「ソータローの言ってるのは、たぶん当たってるな」と言った。

「まあ、君を守ることに変わりはないが……。それにしても腹が減ったな。運動もしたし」

爽太郎はレティシアに言った。フォーが食べているバインダークア、カニ汁麺を、2杯オーダーした。

4

「ソータロー、連絡を待ってたわ」

エヴァの声が受話器から響いた。ホテルの部屋。爽太郎はウォッカ・トニックを片手に電話をかけていた。

「いま、シンガポール？」

「ああ」

「CFはどう？　コンテは出来た？」

「まあね」

「出来たの⁉　よかった」

とエヴァ。声のトーンが上がった。

「その調子じゃ、CFの企画はまだ決まってないんだな？」

「というと？」

「簡単な推理だ。そのフランス政府のキャンペーンは、〈S&W〉にとって、そして君にとって大事な仕事だという」と爽太郎。「だから、おれ以外にも、フリーのCFディレクターにコンテを依頼したはずだ。おれの能力を完全に信用してないか、おれがシンガポールで遊んでると思ってるのか」

エヴァは、無言……。

「けど、コンテはまだフランス政府に通ってない。そんなところじゃないか？」

と爽太郎。ウォッカ・トニックに口をつけた。エヴァの小さな笑い声。

「さすがね、ソータロー。その推理は当たってるわ」

「どっちが？　おれの能力を信用してない？　おれがシンガポールで遊んでると思ってる？」

「後の方よ」

「もしかして、フレディがなんか言った……」

「それも当たりね。あなたには、ものすごい才能がある。けれど、気まぐれで遊んでばかりいるって、フレディは言ってたわ」

「一部分は当たってるかな」爽太郎は苦笑い。

「でも、コンテは出来たのね」

「いちおう」

「すぐそっちに行くわ。今夜のニューヨーク発に乗る」きびきびした声でエヴァは言った。

5

言葉通り、エヴァはすぐにシンガポールに飛んできた。ホテルに着いたと連絡がきた。

午後3時過ぎ。エヴァがチェックインしたホテルのロビー。

「いいホテルだ」と爽太郎。

ホテルは、〈ロイヤルプラザ・シンガポール〉。爽太郎が滞在している〈コロニアル・イン〉からは、歩いて4、5分。爽太郎の〈コロニアル・イン〉に比べると大きく豪華なホテルだ。

そのロビーには、かなりの滞在客がいる。身なりのいい白人が多い。ベルボーイは、金モールのついた真っ白い制服を着ている。

「ここは、人が多いわ。わたしの部屋でコンテを見せてくれる？」

エヴァが言った。爽太郎はうなずいた。一緒にエレベーターに歩きはじめる。

エヴァは、完璧な身なりをしていた。麻のスーツは薄いグリーン。真珠のネックレス。ニューヨークから飛んできたとは思えないほど、顔色がよかった。金髪には少しの乱れもない。すれ違った中年の白人男が、振り返って彼女を見ていた。

6

一二階にあるエヴァの部屋は、特別室のようだった。広い部屋にはバーがある。ベランダには、ジャグジーもある。

「ジン・トニックでもどう？」とエヴァ。

「いいね」爽太郎が答えると、彼女はバーに行って手を動かしはじめた。プロのバーテンダーのような手際の良さ。すぐ、2杯のジン・トニックができた。爽太郎は、それに口をつける。

「それで、コンテは？」とエヴァ。

「この中にある」と爽太郎。自分の頭を指さした。ホテルのエンブレムが小さく入った便箋をテーブルに置いた。ボールペンで英語の走り書きをはじめた。

〈南太平洋の小島〉

〈砂浜に佇んでいる1人の若い女性〉

〈SE……かすかな波音〉

〈「レティシア・シムカス。23歳。海洋学者。」の文字、画面にF・I《フェード・イン》〉

〈レティシアのアップ〉

〈「彼女は海水から真水を作る研究に挑んでいる」の落ち着いたナレーション〉

〈砂浜を歩いているレティシア。美しい横顔〉

〈「小さな島に、大きな夢。」の文字、C・I《カット・イン》〉

〈ヘリ撮。海の中にある島全体を美しく撮ったロングショット〉

〈「フランス政府は、南洋の島々を応援しています」のナレーション〉

〈トリコロールのフランス国旗、さりげなくF・I〉

エヴァは、それをじっと見ていた。視線が動かない。3秒、5秒、10秒……。やがて、大きく息を吐いた。

13　恋には本気になれなくて

1

「小さな島に、大きな夢……。こんなアプローチがあったのね……」

エヴァは、そうつぶやいた。

「ごく自然に出てきたメッセージだよ」と爽太郎。

「島の小ささを逆手にとっている……シンプルだけど、受け手の心に刺さる……こんなコンテは、今まで出てこなかったわ」

「これまで出てきたコンテは？」

「どれも、やたらに大げさなものか、理屈っぽいのばかりよ。でも、これは違う。飾ってないけど、インパクトがあるドキュメント……」

爽太郎は、うなずいた。

「そう、ドキュメントだ。この手のキャンペーンは、下手な仕掛けをして、あざとくなったらぶち壊しだから」と言って白い歯を見せた。

エヴァは、また、ため息をついた。

「さすがは、ソータロー・ナガレバ。フレディが言うように、ただ者じゃないわね」

「いや、並のディレクターさ」

「あなたが、並？　それなら、ほかのディレクターたちは？」

「たぶん、並以下」爽太郎は、ニッと笑った。エヴァも、白い歯を見せた。爽太郎と、グラスを合わせた。チリンという音が響いた。

「それで、このレティシアっていう23歳の女性は？」

「このシンガポールにいるよ。セントーサ島にある海洋研究所のスタッフだ」

「すぐ会える？」

「もちろん。なんなら、今夜にでも」

2

夜の7時。エヴァが泊まっているロイヤルプラザ、その一階にあるメイン・ダイニング。英国風の重厚なレストランだ。

「彼女はエヴァ。ニューヨークに本社がある広告代理店のプロデューサーだ」

爽太郎はレティシアにエヴァを紹介した。エヴァはシャネルらしいスーツを見事に着こなしていた。

レティシアは、部屋に帰って小花柄のワンピースに着替えていた。少し緊張しているのがわかった。

3人は、ディナーのメニューを選んだ。エヴァは、鴨のロースト。爽太郎とレティシアは、レアのステーキ。

エヴァが、慣れた口調で94年のシャトー・マルゴーをオーダーした。こういうレストランで年代物のワインを注文する、その場数をふんでいる事がよくわかった。ソムリエが、完璧なワイン選びに納得したらしく、大きくうなずいた。

3

「ハノイ？」爽太郎はエヴァに訊き返した。

なごやかなディナーの終わり頃だった。エヴァが、明日、ヴェトナムの首都ハノイに飛ぶと言った。

「フランス政府の高官が、ちょうどいまヴェトナムのハノイに来てるの」とエヴァ。さっきフランス政府と連絡を取って確認したという。

爽太郎は、うなずいた。ヴェトナムは過去にフランスの植民地だった。いまも、フランス文化が色濃いとされている。

シンガポールからハノイまでは、国際線で3時間もかからないだろう。

「その高官が、キャンペーンの担当者か？」と爽太郎。

「そう。担当大臣の1人よ。明日、ハノイで会って、コンテをぶつけてみるわ」とエヴァ。

食後のコーヒーに口をつけた。

4

「きれいな人……」

レティシアが、つぶやいた。彼女の部屋まで送っていく、そのタクシーの中だった。

「エヴァ？」と爽太郎。

「そう、大人の女性。しかもバリバリと仕事をしているから自信にあふれていてすごく魅力的。男の人ならみんな恋しそう」

とレティシア。ワインが、その口を少し軽くしているようだった。爽太郎は、〈君にも君の魅力があるよ〉と言おうとした。が、少し照れくさく、言葉を呑み込んだ。そのかわ

り、

「恋人は？」と訊いた。レティシアは、しばらく黙っていた。やがて、

「……いたけど、いまはいないわ」

「終わった？」

「そう、終わったわ。……理由は、たぶんわたし」

「というと？」

爽太郎は訊いた。人のプライベートをのぞくのは好きじゃない。けれど、レティシアの背景は知っておきたいと思った。

レティシアは、またしばらく黙っていた。

「わたし、いまひとつ恋愛に本気になれないみたいで……」

「本気になれない？」

「そう、男の人と仲良くなっても、自分でブレーキをかけるみたいな……」

レティシアは、つぶやいていた。タクシーから、流れていく街並みを眺めている。

爽太郎は、それ以上の質問をやめた。彼女の心の中には、消えない何かがあるようだった。たとえば、拭い切れないトラウマのようなもの……。

やがて、ワインのせいか、レティシアはウトウトしはじめた。爽太郎の方に体が傾いて

くる。爽太郎の肩に頭をあずけた。彼女の体からは、相変わらずココナッツの香りがしていた。

5

「おれに会いたがってる人間がいる？」爽太郎は、訊き返した。

「そうだ」フォーの声がスマホから響いた。

「映画のプロデューサーだな。アクション映画の主役を探してるんだろう」

「ソータロー、真面目な話だよ」

「なるほど。で、その人間とは？」

「ごく大雑把に言って、警察の人間だ」

「警察？」

「ああ、おれが警察にいた頃の同僚だ。おれよりかなり若いが」とフォー。「やつが、お前さんに会いたいという」

「シンガポールに来て、まだ駐車違反はしてないが」

「真面目な話だよ。例の中国人たちに関して、話したいことがあるらしい」とフォー。

「何か面白い話が出てくるかもしれない」

「ほう……」

「やつの方からも、訊きたいことがあるようだ。とりあえず、会ってみたらどうだ？」

「わかった。で、レティシアも一緒の方がいいかな？」

「そうだな。彼女のまわりで起きてる事だから」

「わかった」と爽太郎。腕時計を見た。個展が終わるまであと1時間半。

「迎えに行くよ」フォーが言った。

6

時間通りに、フォーはやってきた。地下駐車場。やたら古い年式のトヨタに乗っている。

「このボロは？」と爽太郎。

「例の中古車屋から借りてきた。ボロいのは承知してるよ。だが、これから行くところには似合う」とフォー。ギアを入れた。

個展をやっているビルから出た。とりあえず、尾行してくる車はない。

7

「なるほど」爽太郎は、つぶやいていた。

フォーが運転する車は、シンガポールのダウンタウンに入っていた。

細い道が入り組んでいる。さまざまな店が並んでいた。マレー料理。インド料理。わけのわからない料理の店。占い屋、怪しげなマッサージ屋などもある。

確かに、こういうエリアならボロい車が目立たない。

フォーは、そんな街角の隅に車を置いた。3人は、車を降りて歩き出した。

裏通りの道端では、卓を出して中国式の麻雀をやっている老人たちがいる。屋台からは、麺を茹でる匂いが漂っている。

フォーは、一軒の店の入り口に向かった。〈天堂餐室〉、英語で〈PARADISE CAFE《パラダイス・カフェ》〉と看板が出ている。

「けっこうなパラダイスだな」と爽太郎は苦笑い。それほど、古ぼけた店だった。レストランではなく食堂という感じの店構えだった。

フォーは、ドアを開けて入っていく。店内に、客の姿はない。マレー系らしい中年の女がテーブルを拭いていた。

「彼は？」とフォー。中年女は、奥を目で指した。

フォーは、店内を通り抜けていく。裏口から出た。狭い中庭があり、その向こうにガレージのような平屋がある。屋根と壁だけのスペース。

そこに、1人の男がいた。

木のテーブルにつき、串に刺した焼き鳥のようなものを食っている。3人の姿を見ると、立ち上がった。フォーに、うなずいた。

男は、四十代の前半だろうか。背が高い。こげ茶のポロシャツ。紺のウインドブレーカーを着こんでいる。

東洋人だとはわかる。が、それ以上はわからない。マレー系にも見えるし、チャイニーズ系にも、ヴェトナム系にも見える。

「彼は、K・J」とフォー。K・Jという男は、爽太郎とレティシアを見た。

「K・Jだ、よろしく」と彼。左のパンチを、爽太郎に叩きつけようとした！

14　赤雷

1

0・8秒後。

反応した爽太郎の右腕が、相手の左フックをブロックしていた。

相手の左腕と、爽太郎の右腕がクロスして止まった。

そのまま2秒、3秒、4秒……。

やがて、相手がふっと笑顔になる。ゆっくりと、ボクシングの構えをほどいた。

「おれの左フックをブロックした相手は、初めてだ」と言った。「なぜ、おれが左パンチを出すとわかった」

「あんた、左手で、そのサテイの串を持って食ってた。左利きとはすぐわかる」爽太郎は、白い歯を見せて言った。

「さらに、左フックを振る前に、ごく小さくだがバックスイングした」と爽太郎。「それじゃ、みえみえだ。これまで、よく大ケガしなかったもんだな」とつけ加えた。

相手は、爽太郎をじっと見た。

「なるほど。フォーに聞いた通り、相当にできるようだな」と言った。さらに表情を和らげる。「飲み物や食い物は、そこにある。好きにやってくれ」

テーブルの脇には、バケツがある。氷水の中に、ビールなどが漬かっていた。テーブルの上に、串に刺して焼いた肉がある。東南アジアならどこにでもあるサテイだった。

「あらためて、K・Jだ」と言い、右手を差し出した。短い握手。

「K・Jは、何の略かな？」

「それは、想像にまかせるよ」

「おれを完全に信用してはいない？」

「当然じゃないか」とK・J。爽太郎は微笑してうなずいた。

2

「これを見てくれないか」とK・J。パソコンの画面を指した。

テーブルにノートパソコンがある。12枚の小さな顔写真が、画面に並んでいる。全員が東洋人の男だった。どうやらみな中国人……。中にはぼやけた画像もある。

「この中に見た顔があるかな？」とK・J。

爽太郎は、サティとシンハ・ビールを手に、その画面をちらりと見た。

「見た顔はないな」と言った。

K・Jは、うなずいた。次の画面を出した。また、12人の東洋人が並んでいた。爽太郎は、ちらりと見て首を横に振った。

やがて、4枚目の画面。

「左から2人目だ」と爽太郎。サティの串で指した。上の段、左から2人目……。若い中国人。かなりぼやけた画像。

「こいつか？」とK・J。爽太郎はうなずいた。

「海岸の倉庫にいたよ。冷凍の魚を荷揚げする倉庫だ」

「で、何をしてた」

「魚にかける手鉤で、おれの脳天を割ろうとしやがった」

「で、あんたがやっつけた？」

「やつは、冷凍カツオに顔をぶつけたんだ」と爽太郎。K・Jはニヤリとした。

「まあ、そういう事にしておこう」と、パソコンの画面にチェックを入れた。また、パソコンの画面を変えていく……。

7枚目の画面。

「こいつだ」と爽太郎。下の段、右から3人目を、サティの串で指した。これも、かなりぼけた画像。

「どこで出会った」

「おれと彼女をレストランまで尾行してきた。シンハ・ビールは好みじゃないらしいが、ナイフを使おうとした」

「ヤオか」K・Jは、画面を見たままつぶやいた。チェックを入れた。また、パソコンを操作する……。

13枚目の画面。

「左から4人目だ」爽太郎が串で指した。

「チェンか、どこで出会った」

「やつも荷揚げの倉庫にいたよ。脇の下にワルサーを隠し持ってた。彼が取り上げたよ」

と爽太郎。フォーを見た。フォーもうなずいた。

「すごい記憶力だな。警察にスカウトしたいぐらいだ」とK・J。

「なに、コマーシャルのディレクターをやってるから、人の顔を見るのは仕事さ」

3

「で、役に立ったのか？」と爽太郎。

「ああ、かなり」とK・J。

「こいつらは、どこのシンジケートに属してる」

爽太郎が訊いた。K・Jはしばらく無言……。やがて、テーブルのメモ用紙に、〈赤雷〉と書いた。

「なんと読む？」

「チイレイ」とK・J。爽太郎は、2本目のシンハに口をつけた。

「それは、歴史と伝統のあるシンジケートなのか？」と爽太郎。K・Jは苦笑い。

「この数年で、急に勢力を拡大してきた中国系のシンジケートだ」

「新興勢力か」

「そうだ。だから、警察でも、まだそのメンバー構成をつかめていない。いまあんたが指摘したうちの2人は、1年前まで、別のシンジケートの構成員だった」

「なるほど。で、連中は、あくどいのか？」

「ああ、かなり凶悪な事件を起こしてるな。殺しも含めて、金になるなら手段は選ばない」

「連中は、みんなそうだよ」

「確かに」K・Jはニヤリとした。

4

「あんたには、どこの血が流れてる？」爽太郎が訊いた。

「父親は、タイとヴェトナムのハーフ。母親は、中国とマレーシアのハーフ」K・Jが答えた。爽太郎は白い歯を見せた。

「国際会議ができそうだな」

「確かに」とK・Jは苦笑い。「まあ、ただの東洋人だ」

「それはいい。警察での立場は？」

「犯罪組織に対応するチームにいる」とK・J。爽太郎は、うなずき、

「しかし、なぜここが捜査本部になってるんだ？」と訊いた。

K・Jは、バケツからシンハ・ビールを取る。口をつけた。

「知っての通り、シンガポールでは、住民の80パーセント近くが中国系だ。それは、警察内部にも言える。中国系の警官は圧倒的に多い。そうなると、中には中国系のシンジケー

トとつながってる者がいても不思議はない」

「なるほど、どこの警察でもあることだな」

「残念だが、そうだ」

「で、あんたは、警察の中では大っぴらに仕事ができないわけだな」

爽太郎が言い、K・Jはうなずいた。シンハをひと口。

「それにしても、その状況で、中国系シンジケートを相手にするのは危険じゃないのか？」

「それはそうだが、やるしかない」とK・J。

「バカなんだ」とフォーが言った。

「そう言うあんただって、昔は〈命知らずのフォー〉と言われてたじゃないか」

「……まあ、過ぎたことさ」フォーが淡々と言った。

5

「ところで、大きな疑問がある」と爽太郎。「その中国系シンジケートの連中は、なぜ彼女を狙っているんだ」と言った。レティシアを見た。

K・Jは、ビールに口をつけた。しばらく無言でいた。やがて、

「それが、おれにも謎なんだ」と言った。レティシアの方を向く。

「君は海洋学者だね。そんな君を〈赤雷〉の連中が狙う理由が何なのか、それは、おれにもさっぱりわからない」とK・J。爽太郎はうなずく。

「今後も連中があきらめるとは思えないし、こちらは受けて立つ。そんなやり合いをしてるうちに、わかるだろう」

「あんたの腕が立つのはわかった。が、やつらは銃器を山ほど持ってるし、人を殺すのを何とも思っていない。くれぐれも気をつけてな」K・Jが言った。レティシアは、不安そうな表情をしている。

6

「ハノイから戻ったわ」エヴァから連絡がきたのは正午前だった。

「よかったら、私のホテルでランチでもどう？　ハノイでの報告もあるし」

「わかった」爽太郎は答えた。

7

「で、ハノイはどうだった？」爽太郎はグラスを手に訊いた。

1時間後。エヴァが泊まっているロイヤルプラザ。その二階にあるカジュアルなレストラン。白ワインを飲みながら、軽い食事をしていた。

「よかったわ。最近のハノイは、いいホテルも増えたし」

とエヴァ。シーフード・サラダを前に微笑した。今朝、ハノイを発ってきたのだろう。それにしては、疲れた様子は見せない。肌に張りがあり、きれいにメイクをしていた。

「プレゼンテーションは、うまくいったと思う」とエヴァ。

「相手は、フランス政府の高官だったな」

「そう、ブシャールといって、海外への経済援助にかかわる高官。今回のPRプロジェクトを担当してる1人でもあるわ」

とエヴァ。ワインをひと口。

「私がハノイにいた3日間で、プレゼンテーションは充分にできたと思うわ」と言った。

爽太郎は、うなずいた。

「結果は？」

「2、3日で出ると思う」

「それまでは、シンガポールで休暇か」

「そうね。最近できたいいエステサロンがあるから、そこで過ごすわ」

「優雅だ。エグゼクティブらしい……。じゃ、プレゼンのいい結果が出ることを祈って」

と爽太郎。グラスを上げた。

8

「爽太郎！　大変なことに！」

レティシアの声がスマホから響いた。午後3時過ぎだった。そろそろ、彼女を個展会場に迎えに行こうとしていた時だった。

「どうした」

「個展に来てた女性の来場者が襲われて！」

「わかった、すぐ行く」爽太郎は、通話を切った。

15　彼女は、もういない

1

個展の会場があるビル。その外には、ポリスカーが2台停まっていた。回転灯が光っている。

そのそばにK・Jがいた。スーツを着ているがノーネクタイ。制服警官3人と話している。爽太郎を見ると、軽く片手を上げた。

「女性が襲われたって?」

爽太郎が訊くと、うなずいた。

「幸い、未遂だった」

「というと?」

「このビルから出てきた女性が、拉致《らち》されそうになった」

「拉致？」

「ああ、車に押し込まれそうになった。男2人に腕をつかまれて」

「で？」

「彼女は、大声で叫んで抵抗した。たまたま、近くにパトロール中の警官が2人いた。彼らが走ってきたんで、連中は諦めて、車で走り去った」

「彼女に怪我は？」

「ない。動揺しているが、もう落ち着いた。太極拳を教えている気丈な女性なんだ。いまは、警察署でことのあらましを話してるよ」

「なるほど。で、あんたがここにいるってことは、やつらは例のシンジケートか？」

「どうも、くさいな。彼女も、制服警官たちも、やつらが中国系らしいと証言してる」

「その車は？」

「濃紺のBMW、4ドアセダン。特徴のない車だ」

「警官はナンバーを記憶してないのか？」

「もちろん、記憶してたさ。シンガポール警察をなめちゃいけない」

とK・J。爽太郎は苦笑い。

「わかったよ。で、ナンバーから持ち主は割り出せたのか」

「もう、やってみたさ。だが、そのナンバーは、存在してないものだ」

「偽造ナンバーか」

「そういうことだ。シンジケートのやつらだとすれば、驚くような事じゃない」

「なるほど。で、彼女が襲われた理由はわかったのか？」

爽太郎は訊いた。K・Jは、目で〈こっちへ〉と言った。ポリスカーのそばを離れる。ビルの入り口に向かった。その場にいる制服警官たちに聞かせたくない事らしい。

2

「レティシアと間違えて、拉致しようとした？」

爽太郎は、訊き返した。K・Jは、かすかにうなずいた。

「襲われた彼女は、ジェニファー・リン。22歳。イギリスとマレーシアのハーフ。一見したところ、レティシアに似てるかもしれない」

「ほう。そんなに可愛いのか？」

K・Jは、苦笑い。

「レティシアほどキュートではない。ちゃんと顔を見ればすぐ別人だとわかる。だが、身長はほぼ同じで、プロポーション、髪型、褐色がかった肌、服の特徴などで、レティシアと間違えても不思議じゃない。しかも、そんな切迫した状況では……」

「で、やつらは間違えた？」

「たぶん。そのジェニファーがこのビルを出てきたのを見て、襲いかかった。レティシアと間違えて……。この推理は、たぶん当たってるよ。警官を20年以上やってるんだ」

「そんなに力まなくてもいいよ。新米のデカでも、その位わかるだろう」

「言いやがって」K・Jが苦笑いして、吐き捨てた。

爽太郎とK・Jは、ビルに入った。

「レティシアに、そのことは？」

「話したよ。彼女にも、身辺に気をつけて欲しいしな」

「レティシアは、ショックを受けてるか？」

「ああ、当然だがね……。顔を見せてやれよ」

とK・J。爽太郎は、うなずいた。二階への階段を上っていく。

3

「必要以上に落ち込むなよ」爽太郎は、レティシアに言った。

もう来場者の帰った個展会場。そのすみに、レティシアは座っていた。うつむいている。

表情が硬い。

「襲われた彼女は不運だったが、幸い怪我もない。あまり、自分を責めない方がいいよ」

「警察にもそう言われたし、そうだとわかってるんだけど……わたしのせい……」

「君のせいじゃない。悪いのは、彼女を誘拐しようとしたやつらだ」

爽太郎が言うと、レティシアは小さくうなずいた。

「気分転換に、軽く飲まないか？」と爽太郎。レティシアの肩を軽く叩いた。彼女は、またうなずいた。ゆっくりと立ち上がった。

10分後。二人は、オーチャード通りを歩いていた。あたりに怪しい人間はいないが、人通りは多い。ふと、レティシアが立ち止まった。

「人混みの中にいるのが少し怖いわ……」とつぶやいた。

「そうか、わかるよ。あんな事があったばかりだしな……」

レティシアは、うなずいた。

「そうだ、わたしの部屋に来ない？　何か作るわ」

とレティシア。爽太郎は、5秒ほど考える。急に空が暗くなっていた。夕方のスコールがきそうだった。

「わかった」と爽太郎。走ってきたタクシーを止めた。

4

レティシアの部屋に着く頃には、スコールが降りはじめていた。大きな雨粒が降ってきていた。タクシーを降りた二人は、建物に小走り。アパートメントに入った。いまのところ、あたりに怪しい人間はいない。

三階まで上がる。303号室。レティシアが鍵を開け、部屋に入った。

「狭いんだけど……」と彼女。少し恥ずかしそうな口調で言った。

部屋は、彼女が言うほど狭くはなかった。ダイニングルームは、そこそこの広さがある。部屋の隅に籐のソファーがあり、本棚には海に関する本が並んでいた。英語、フランス語が半々……。

額に入った島の写真が、壁にかかっている。南洋の島。砂浜。ヤシの木とコテージのような家……。レティシアの父が撮ったものかもしれない。

部屋には、ちょっとしたベランダがあり、その向こうではヤシの葉が揺れている。スコールの雨粒がベランダと窓ガラスに叩きつけていた。

レティシアは、冷蔵庫を開けた。サン・ミゲールを1瓶だした。

「これを飲んでて。食べるものを用意するから」

爽太郎は、それを受け取る。近づくと、雨に濡れた彼女からは、かすかにココナッツの香りが漂っている。

爽太郎は、ビールをラッパ飲みしはじめた。

シンガポールらしく、キッチンにはさまざまな香辛料がある。部屋に入った時から、爽太郎はそんな香辛料の香りに気づいていた。

彼女は、まな板で肉と野菜を細かく切りはじめた。肉は、豚のバラ肉らしかった。野菜は、玉ネギ、ニンニク、そして見なれないものがあった。爽太郎がそれを見ていると、

「これは、パンクァン。カブの一種よ」とレティシア。手際よく、包丁を使いながら言った。

5

「できたわ」レティシアが言った。テーブルには、大きめの皿が出ていた。

「これは？」

「ジューフーチャーというマレーシア料理を、自分流にアレンジしたの」と彼女。サン・ミゲールを2瓶もってきた。

料理は、素朴なものだった。細切りにした豚肉と野菜を炒めてある。香辛料やニンニク

をたくさん使ったらしく、複雑でスパイシーな香りがしている。そして、水で戻した半透明なライスペーパー。

レティシアが、やって見せる。ライスペーパーで、肉と野菜をくるみ、丸める。それをかじる。レティシアは、大きく口を開けてかじった。彼女らしかった。

爽太郎も、同じようにして口に入れてみた。肉と野菜の味つけはたとえばナシゴレンに似ているが、ピリッとしてかなり辛い。そして美味かった。

「ビールに合うな」爽太郎は言い、サン・ミゲールを飲んだ。レティシアも、ビールに口をつけた。

6

「ところで、あの写真は？」と爽太郎。本棚を目で指した。

本棚の中段。小さな額がある。中に写真が入っていた。写真は、絵葉書ほどの大きさ。Tシャツを着た二人の少女が写っている。

海をバックに砂浜で撮ったスナップだった。14歳か15歳という感じの少女が二人。一人は、ピンクのTシャツを着て、もう一人はかなり色褪せたブルーのTシャツを着ている。色褪せたTシャツを着ているのは、明らかにレティシアだった。もう一人は、金髪の少女。

二人とも、陽射しがまぶしいのか、少し眼を細めて笑顔を見せている。

「もしかして、モルディブで同じ島に住んでいたセシル？」

訊くと、レティシアはビール片手にうなずいた。

「15歳の時よ。パパが撮ってくれたの」

「セシルや家族は、まだこの島に住んでいるのか？」

爽太郎が訊いた。

「……もう、いないわ。セシルは死んだの」

静かな口調だった。

16　17歳の日々は、終わることなく

1

雨音が、いやにはっきりと聞こえていた。時が止まったような数秒。

「死んだ……」爽太郎は、つぶやいた。レティシアが、小さくうなずいた。

「この写真を撮った2年後よ」

「ということは、17歳？」

「ええ、17歳と2カ月と5日」

「もしよかったら……。彼女は、なぜ？」

と爽太郎。レティシアは、サン・ミゲールの瓶を手に、本棚にある写真を見ている。スコールは、相変わらず激しく降っている。かすかな雨の匂いが、部屋に忍び込んできていた。

レティシアは、3分ほど無言でセシルとの写真を見ていた。やがて、小さく息を吐く。サン・ミゲールをひと口……。

「わたしとセシルは、モルディブの小さな島で育ったわ」

「あそこかな？」と爽太郎。壁にかかっている島の写真を目で指した。レティシアがうなずいた。

「これは、パパが撮った写真よ」

「やはり、そうか。いいところだ」

「小さい島で、何もないけど、素晴らしい場所だったわ」

「何もないけれど、すべてがある。そういう場所はあるな。めったに見つけられないけど」

「そうね。わたしたちが育ったのは、そんなところだったわ」

とレティシア。立ち上がり、キッチンに行った。冷蔵庫から、新しいサン・ミゲールを2瓶出した。1瓶を爽太郎に渡す。自分も瓶に口をつけた。

「セシルのパパは画家だったわ。南洋の風景や人物を描いて、一部の人には人気があるらしかった。絵は、そこそこ売れてたみたい」

爽太郎は、うなずいた。

「君のパパは写真家で、セシルのパパは画家か……」

「二人はフランス人で、もともと仲が良かったの。わたしのパパがこの島を買って住みはじめ、その後、セシルのパパに勧め、セシルの一家も島に移ってきた。わたしとセシルがまだ赤ん坊の頃よ」

「なるほど。で、君とセシルは姉妹のように育った？」

レティシアは、うなずく。ビールに口をつけた。

「姉妹というか、双子みたいに育ったわ」

「性格は似てた？」

「そう……わたしの方が、どっちかというとお転婆で、セシルは女の子らしかった。でも、毎日、一緒だったわ。泳いだり、釣りをしたり、ただ夕陽を眺めていたり、DVDでアニメを観たり、親には内緒の話をしたり、ときどき家の壁にいたずら描きしたり……」

レティシアは、つとめて淡々とした口調で話しているようだ。過ぎた日々のページを、ゆっくりとめくっているらしい。

「わたしたちは、7歳になると、ドーニと呼ばれている小船で、少し大きな島にある学校に通いはじめた。友達は増えたけど、わたしたちの仲は変わらなかったわ」

「幸せな日々」

「そうね。平凡な表現だけど、輝くような時間が過ぎてたわ。特に楽しかったのは夜だった」

「夜？」

「そう、わたしたちの島には街灯も何もないから、夜空には山ほどの星が光ってた」

「そうか……」

「空には、南十字星はもちろん、いろんな星座が光ってた。わたしとセシルは、家のポーチでそんな星座を見上げてたわ。いろんな星座の中でも、わたしたちは魚座が好きだった」

「魚座？」

爽太郎は、サン・ミゲールを手にして訊いた。

「モルディブの空には、ものすごい数の星が光ってたけど、あれはたぶん魚座だと思うわ。わたしたちは、よく魚と遊んでたから、魚座に惹《ひ》かれたのね。そうしてるうちに、自分たちで勝手に星座を作ったりしてた」

「星座を作る……」

「そう。自分たちが好きなように、星を結んで、島のまわりにいる魚や何かにしたの。たとえば、〈バタフライフィッシュ座〉とか、〈ベラ座〉とか、〈エビ座〉、〈タツノオトシゴ座〉とか……」

レティシアの声が、少しはずんでいる。楽しかった日々を思い出しているのだろう。

爽太郎は、想像していた。南洋の小さな島。家のポーチで、夜空を見上げている二人の少女。揺れるヤシの葉。その彼方には、空一面の星。そんな星を結んで、自分たちの星座を作っている……。刺繡《ししゅう》のように星を編んでいる少女たち……。素朴だけれど、心温まるシーンだった。

「楽しかったわ……」とレティシア。「でも、楽しい日々って、続かない……」

2

スコールは、まだ続いていた。雨が激しく窓ガラスに叩きつけている。

「わたしたちが17歳になった年の5月だったわ」とレティシア。爽太郎は無言で聞いていた。

「土曜日で学校がない日だった。夕方になって、セシルが腹痛を訴えはじめたわ。翌朝になっても、彼女の腹痛はおさまらなかった。で、本島に連絡して、ドクターを要請したわ」

「本島？」

「ええ、首都のマーレがある島からドクターに来てもらうように緊急連絡したわ。でも、運悪く、海が荒れてた。やっとドクターがドーニで来たのは、連絡してから10時間後だったわ」

とレティシア。サン・ミゲールで喉を湿らした。

「ドクターがセシルを診断した結果は、かなり悪化した虫垂炎だった」

爽太郎は、うなずいた。虫垂炎は、いわゆる盲腸だ。

「ドクターは、本島にある病院で手術をした方がいいと言ったわ。でも、海が荒れ続けて、セシルを本島に連れていくのは困難だった。仕方なく、島で手術をすることになったの」

爽太郎は、無言で聞いていた。

「島で手術をするのには大きな困難があった。それは水よ。手術に必要な真水が足りなかった。それでも、すぐに手術をするしか彼女を助ける道はなかったの」

「仕方なく手術を?」

「したわ。ドクターも、必死に頑張ってくれたと思う。なんとか手術は終わったわ。でも……」

とレティシア。言葉を一度呑み込んだ。

「……その夜、セシルの容態が急変したわ。腹膜炎を併発してたの。高熱を出して彼女は苦しみはじめた。ドクターは懸命に処置をしてくれた。でも、ダメだった……。翌日の明け方、彼女は息を引き取ったわ」

あえて感情を抑えた表情でレティシアは言った。

相変わらず、スコールがベランダを濡らしていた。バラバラという激しい雨音が聞こえていた。

「彼女が死んだ日の夜、わたしは、空を見上げていた。たくさんの星が光っていたわ。わたしたちが何より好きだった魚座も、よく見えた。毎日のように二人で見上げた星座が、またたいていたわ。わたしは、じっとそんな星座を見上げていた。放心状態だった……」

レティシアの声が震えていた。見れば、その頰が涙で濡れている。肩も細かく震えていた。彼女は、両手で顔を覆った。

爽太郎は、無言でいた。どんな言葉も無意味に思えた。

雨音だけの時間がしばらく続いた。やがて、レティシアは顔を上げた。涙を拭いた。

「……セシルが死んで2カ月たった。わたしはまた、星空を見上げていたわ。まだ、言いようのない悲しみが胸をしめつけていた。それと同時に、強烈な悔しさが湧き上がっていたわ」

「悔しさ……」

「そう。あのとき、島にもっと真水があったら、手術はうまくいってセシルが死ぬ事はなかった。それが強烈に悔しかったわ」

レティシアは、はっきりとした口調で言った。もう、泣いてはいなかった。

「二人で見上げた星座を、一人で見つめているうちに、ある事が胸に湧き上がってきたわ」

「それは?」

「小さな島に住んでる人々に、セシルのような死に方をして欲しくない。わたしのような悲しみを味わわせたくない……そんな思い……」

「そのために、海水から真水を作る?」

レティシアがうなずいた。

「そう……。かなり大がかりな装置を使えば、海水から真水を作れるのは知ってたわ。でも、すごく小さな島でも使える装置はない……。装置の大きさや、価格の問題で」

「で、それを作りたいと?」

レティシアが、うなずいた。

「その目標というか、夢のようなものが胸の中に芽生えたの」

レティシアは言った。立ち上がって、

「もしよかったら、カンパリを飲む？」と言った。

「いいね」

レティシアは、キッチンに行く。カンパリのボトルを手にした。

「近くのスーパーマーケットでセールをやってて、買ったの」と言いながら、ボトルを開けた。洒落たグラスなどはないらしい。2つのコップに氷を入れ、カンパリを注ぐ。スライスしたライムを入れ、1つを爽太郎に渡した。

爽太郎は口をつけて、

「それで、真水を作る研究を？」

「ええ……。もちろん、すぐというわけにはいかなかった。まず、パパに相談したわ」

「お父さんは、賛成してくれた？」

「真剣に話してるうちに、パパは、わかってくれた。セシルの死は、パパにも限りなく深い悲しみを与えていたわ。セシルを、自分の子供のように思っていたから……」

レティシアは言った。カンパリをひと口。

「パパと話した後、わたしは家から砂浜に出て星空を見上げた。またたいている星座を見つめて、誓った……。何があっても目標に向かっていく。そのことを誓ったわ」

「で、モルディブからシンガポールへ？」

「その前に、まずモルディブで高校を卒業する必要があった。その間に、パパが用意をしてくれたの」

「用意？」

「シンガポールにある海洋研究所。パパはかつて、そこの依頼で海中の写真を撮ったことがあって、所長をよく知ってたわ」

「シャンパンが好きなリック？」

「そう」レティシアは微笑した。

「ハイスクールを卒業したら、リックの研究所にスタッフとして入れる、そのことがパパの力添えで決まったの」

「なるほど」と爽太郎。カンパリに口をつけた。

胸の中でうなずいていた。レティシアが海水から真水を作る研究をしている、その本当の理由がわかった。彼女が全力でその研究に打ち込んでいることも……。

謎がひとつとけた。

そして、レティシアが見せる少女のような表情。その訳も理解できた。彼女の中では、17歳の日々が終わることなく続いているのだろう。

3

「で、君はシンガポールにやって来た」

「そう。19歳の時よ」

「モルディブを発つことは、寂しくなかった？」

「それは、もちろんあったわ。パパと別れて暮らすのは、寂しいし、パパを一人にするのも気がかりだった」

「ママは？」

爽太郎は、何気なく訊いた。レティシアは、しばらく無言でいた。そして、

「ママはいないの」

ぽつりと言った。カンパリに口をつけた。母親がいない……。その理由は……。が、爽太郎はそれ以上訊かないことにした。いずれ、わかるだろう。

「パパは、なんで亡くなったのかな？　もしよかったら」

「事故よ。水中写真を撮っている時のアクシデント」

「海中での事故か……」

「ええ。酸素を供給するレギュレーターに何かのトラブルが起きたらしい。パパはなんと

か海面に浮上したけど、すぐに心肺が停止した。病院に搬送されたけど助からなかったわ……」

とレティシア。感情を抑えた口調で言った。

4

レティシアは、部屋の隅に行く。小さなCDプレイヤーのスイッチを入れた。スティービー・ワンダーが低く流れはじめた。

「懐かしい曲だな」

「これはパパのCDよ。モルディブから持ってきたの」

とレティシア。

「個展を開くため、モルディブの家に戻って、パパの写真のデータを持ってきたわ。その時に、パパのCDも持ってきたの」

爽太郎は、うなずきながらカンパリに口をつけた。レティシアの事を考えていた。17歳で親友に死なれ、22歳で父が死んだ……。

「若い時に大事な人間を失うのは、つらいことだ」と、つぶやいた。

レティシアが、爽太郎の横顔を見つめている。

「もしかして、あなたにも、そういう経験があるんじゃない？」と訊いた。

爽太郎は、しばらく無言でいた。

「どうして、そう思う……」

「ソータロー、あなたは、一見すると快活で、行動的で頼もしい。でも、ふと表情が翳《かげ》ることがあるわ」

「表情が翳る？」

17　猫のディナー

1

「あなたは皮肉もよく言うけど、基本的にはとても快活に見えるわ。でも……」

「でも？」

「ふと、表情が翳るときがあるわ。太陽が、動いてくる雲にさえぎられて陽射しが消えるように……」

「たぶん、腹の調子が悪い時だ」

レティシアが苦笑い。

「冗談でごまかすのはあなたらしいけど、真面目な話よ」

「わかった。それで？」

「あなたの心にも、何か大きな傷があるような気がするんだけど。癒やされない傷……」

とレティシア。

「たとえば、わたしと同じように、若かった頃に大切な人を失ったとか……そんな傷があるように感じるんだけど」

爽太郎は、カンパリをゆっくりと口に運んだ。スティービー・ワンダーが、〈Down To《ダウン・トゥ・》Earth《アース》〉を歌いはじめた。

「おれの話を聞いたら、大泣きするよ。ティッシュペーパーが、足りなくなる」と爽太郎。

ニコリとした。

「そうやってちゃかすんだから。わたしが苦い思い出を話したんだから、あなたの事も聞かせて」

「どうしても？」

「そう、どうしても。あなたを理解したいから」

「……わかったよ」

また、カンパリをひと口。

2

「おれは、アメリカの南カリフォルニア大学に通っていた」

爽太郎は口を開いた。

「コマーシャル・フィルムを作る勉強？」

「映画学科に通ってたけど、やがて映画よりコマーシャル・フィルムに興味が移っていったよ。CFのディレクターになろうと思いはじめた。30秒で勝負する、そんなプロになろうと決心した。そして、恋人がいた」

「日本人？　アメリカ人？」

「アメリカで育った日系人だ。名前は、サトミ」

「サトミ……どんな人？」

「シャネルの服も、ティファニーのネックレスも持ってないが、夢だけは持ってた」

「……どんな夢？」

「文学を専攻してたんで、脚本家になる夢を持っていた」

レティシアが、うなずいた。

「脚本家……」

「ああ、子供の頃に観た映画〈ローマの休日〉に感激して、脚本家を夢見てた」

レティシアが、うなずいた。

「〈ローマの休日〉は、わたしもDVDで観たわ。よかった……」

「確かに、よく工夫された脚本だな。サトミが作る料理に似てて」

「……彼女は料理が得意だったの？」

「ああ、二人とも貧乏学生だったから、外食などはせず、毎日アパートメントで食べたもんだ。彼女は、低予算で手際よく料理を作ったよ」

「低予算？」

「そう、二人が〈猫のディナー〉と呼んでたのがその典型かな」

「猫の？」

「ああ。25セントで買ったキャットフードのツナ缶と、トマト缶を使って、ツナトマトのパスタソースを作ったよ。だから猫のディナー」

白い歯を見せて、爽太郎は言った。

「それは、いいかもしれないわ。今度やってみようかしら」レティシアが言った。

そうしているうちに、爽太郎はふと気づいた。里美のことを話せば話すほど、レティシアとの共通点がある事に……。

確かに、似た部分がある……。

そして、考えてみれば、あの頃の里美は22歳。いまのレティシアの方が、1歳上になる。

これまでは、レティシアの少女っぽさが爽太郎に強い印象を与えていた。が、あの頃の里美より年上とは……。
ふいに、レティシアが一人の女に感じられた。
少しやばいな……と胸の中でつぶやく。沈黙。2秒、3秒、4秒……。
「猫のディナー、素敵な話だわ」とレティシアが、無邪気な口調で言った。
爽太郎の胸によぎった思いには、気づいていないようだった。

3

「あれは、アメリカの感謝祭《サンクスギビング》、その前夜だった」爽太郎は話を続けた。
話しながら思い出していた。
ラ・シェネガBLVD《ブル・ヴァード》。
爽太郎は、大学を中退。広告代理店に、CFディレクターとして入ろうとしていた。
レストランで里美とその前祝いをした。
店を出たところで、メキシコ人のチンピラたちに金をたかられた。
その2人を、爽太郎が殴り倒した。が、残る1人が拳銃を持っていた。
ひどく安物の22口径。パーティーで使うクラッカーみたいな軽い発射音！
崩れ落ちる里美の体。

「彼女が撃たれた……」とレティシア。

「おれは彼女をかばおうとしたが、弾は彼女の腹部に……」

レティシアが息を呑む。

「彼女は……」

「病院に搬送されたが、明け方に息を引き取った」

静かな口調で爽太郎は言った。かかっているCDの曲間。スコールの雨音だけが聞こえていた……。

4

スティービーが〈Down To Earth《ダウン・トゥ・アース》〉を、ゆったりと歌いはじめた。

「悲しくて、同時に美しくもある思い出かしら……」とレティシア。

「そう、彼女たちは、思い出の中でいつまでも変わらない。歳をとらない。時に流されて心が汚れていくこともない。君のセシルも、おれの里美も……」

「その通りね。思い出の中で、彼女たちは輝き続ける。嫌な大人になることもなく……」

「それはそうだが、思い出が美しいほど、それを失った辛《つら》さは限りない」と爽太郎。レティシアが、またうなずいた。

「わたしたちは、どうすればいいのかしら……」

「難しい問題だな。ただ、わかることが1つだけある」

「それは？」

「彼ら、彼女たちを絶対に忘れないことだと思う。悲しいことに、月日は確実に過ぎていくものだから……」

レティシアがうなずいた。

「忘れないわ。星座を見上げて誓った……」

「17歳」

「そう、17歳のあの日」

レティシアがつぶやいた。彼女にとって、17歳はまだまだ終わっていないのだろう。爽太郎は、ふと思っていた。〈Down To Earth〉が、静かに流れていた。

5

ふと気づくと、レティシアが、うつらうつらしていた。ソファーで居眠りをはじめていた。

今日は、個展の来場者が襲われるという事件があった。その後、彼女にしては、ビールやカンパリをよく飲んだ。そのせいで眠くなったのだろう。

降っていたスコールもやんだようだ。

爽太郎は、うとうとしているレティシアに歩み寄る。

「帰るよ」と耳元で言った。彼女が右手をのばし、爽太郎の頬にそっと触れた。爽太郎は、その手のひらに軽く口づけ。

「おやすみ」と言った。レティシアが、爽太郎の眼を見て、小さくうなずいた。

爽太郎は、そっと部屋を出た。

スコールは完全に上がっていた。道路には、雨上がりの匂いが漂っていた。爽太郎は、ゆっくりとした足取りでタクシーの走っている大通りに向かう。

歩きながら、思い返していた。今夜知ったレティシアの心の傷。彼女の、つつましい生活。そして何よりも、彼女と里美に共通する生き方の香り……。

爽太郎は、考え事をしながら、雨上がりの道を歩いていく。

6

その20分後。

「ちょっとまずい事になったわ」

エヴァから電話がきた。爽太郎が乗ったタクシーが、ホテルに近づいてきた時だった。

「どうした」

「会って話したいわ」

「わかった。行く」と爽太郎。タクシーの運転手に声をかける。エヴァが泊まっているロイヤル・プラザに行き先を変えた。

7

「何があった」部屋に入ると爽太郎は訊いた。

「いま、ハノイでプレゼンテーションをしたフランス政府の高官から連絡があったの」

「ブシャールっていう高官か。それで？」

「あのコンテは、通らなかった。そう連絡があったわ」

「そうか」と爽太郎。

「驚いてないの？　あなたみたいな超一流のディレクターが、企画にノーと言われて……」

「じゃ、驚いて見せようか。なんならやけ酒でも飲もうか。勝手にやらせてもらう」

爽太郎は言った。部屋にあるミニバーに行く。ウォッカ・トニックを作りはじめた。

「おれが超一流かどうかは置いといて、プレゼンテーションの勝率が100パーセントのディレクターなんていないよ。伝説的なボクサーのモハメッド・アリだって、負けるときは負けるんだ」

と爽太郎。グラスにトニックウォーターを注ぐ。

「飲むかい？」とエヴァに訊いた。彼女は、首を横に振った。

「お酒で心の動揺をまぎらわせるのは嫌だから」と言った。

「さすが、エグゼクティブ。で、相手はあのコンテの何が気に食わないと？」

「いまのところは、よくわからない。ただ、あのコンテではキャンペーンを展開できないと言ってきたわ」

「しかし、ハノイでのプレゼンは、うまくいったんじゃないのか？」

と爽太郎。エヴァはうなずく。

「〈小さな島に、大きな夢〉というメッセージは、すごく気にいってた感じだった」

「それなのに、コンテにノーだと？」

爽太郎が言った。エヴァは少し黙っていた。

「もしかしたら、起用する人間の問題かも……」

「レティシア？」

「そう、彼女本人か、彼女が海洋学者だということが問題なのか……。その辺は、まだわからないわ」

「それで？」

「もう一度、問いただしてみるわ。このまま引き下がるわけにはいかない、絶対に」

とエヴァ。腕組みをして言った。

18　君の背中には、見えない翼がある

1

「所長のリックに用事？」

レティシアが訊き返した。あと1時間で個展が終わろうとする頃だった。

「ああ、ちょっとね」と爽太郎。「よければ、このあと海洋研究所に行きたい」

レティシアがうなずいた。

「ちょうどわたしも行きたいところだった」

2

4時半。個展が終わった。二人は、爽太郎のレンタカーで地下駐車場を出る。

オーチャード通りに出ても、尾行してくる怪しい車はない。やつらはついこの前、人違

いして失敗した。いまは、作戦を練り直しているのかもしれない。

助手席のレティシアが、スマホで海洋研究所に連絡している。やがて通話を終えた。

「リックは、またシャンパンを用意して待っているそうよ」

「大歓迎だな」

「リックは、あなたが好きなのよ」微笑しながらレティシアが言った。

「ほう……」

「これまで、海外からいろんなお客が研究所に来たわ。でも、たいていの人は、ビジネスがらみでやって来る。そういう人たちの目的は、うちの研究をどう商売に利用できるか、そればかり考えている」

「リックは、それを嫌っている？」

「海洋研究が、ビジネスに結びつく、それはよくあることよ。間違いとは思わない。でも……」

「でも？」

「そういう目的で研究所にやって来る人たちのほとんどが、なんていうか小賢《こざか》しい顔つきをしてるわ。そういう人たちをリックは内心嫌いなんだと思う」

「まあ、わかるけど……」と爽太郎。「リックは、ロマンチストなんだな」

レティシアは、うなずく。

「ああいう研究所をやってるぐらいだから、当然、ロマンチストだと思う。だから、あなたに相通じるものを感じてるんだと思う」

「それは、光栄だな」

白い歯を見せて爽太郎は言った。車は、セントーサ島に入っていた。やがて海洋研究所が見えてきた。

3

「こんなコンテだ」と爽太郎。A4サイズの紙に、ボールペンを走らせる。英語で書いていく。

〈南太平洋の小島〉

〈砂浜に佇んでいる1人の若い女性〉

〈SE……かすかな波音〉

〈「レティシア・シムカス。23歳。海洋学者。」の文字、画面にF・I〉

〈レティシアのアップ〉

〈「彼女は海水から真水を作る研究に挑んでいる」の落ち着いたナレーション〉
〈砂浜を歩いているレティシア。美しい横顔〉
〈「小さな島に、大きな夢。」の文字、C・I〉
〈ヘリ撮。海の中にある島全体を美しく撮ったロングショット〉
〈「フランス政府は、南洋の島々を応援しています」のナレーション〉
〈トリコロールのフランス国旗、さりげなくF・I〉

爽太郎は、コンテを書き終えた。レティシアとリックに見せた。

彼女をフランス政府のCFに起用したい、その事はリックにも伝えてあった。が、レティシアにもリックにも、コンテを見せるのは初めてだった。

レティシアは、無言でコンテを見ている。リックは、テタンジェのグラスを手にコンテを見ている。やがて、

「悪くないコンテだと思う……」とリック。「メッセージが力強いし、ハートのこもったコンテじゃないかな」

爽太郎は、テタンジェのグラスを手にした。

「ところが、このコンテが気に食わないと相手は言うのさ」

「気に食わない……。なぜ？」

「それが、よくわからない。相手が、はっきりとした理由を言わないのが不自然だ」

「何か、裏の事情があると？」リックが訊いた。

「どうも、そんな気がする。そこを調べたい」

と爽太郎。テタンジェに口をつけた。

「わかった。やってみよう」とリック。「完全に信用できるジャーナリストがパリにいて、フランス政府の内情にも詳しい。彼なら、何か情報を持っているかもしれない。明日にでも連絡してみよう」

とリック。

「まあ、とりあえず飲もう」と言った。2本目のテタンジェを開けはじめた。

4

深夜2時半。爽太郎は、研究所の廊下を歩いていた。

さっきまで、リックと飲んでいた。話は盛り上がり、二人で7本のテタンジェを開けた。

爽太郎は、ゆっくりと廊下を歩いていた。ベランダに出て、風に当たろうとしていた。

深夜の廊下。部屋から明かりが漏れていた。1つのドアが少し開いている。薄暗い廊下に、明かりが漏れている。

爽太郎は、何気なくドアのそばに……中を見た。

そこは、研究室の1つらしかった。さまざまな機器がある。液体が入ったポリタンク、ビーカーなども並んでいる。

そして、部屋の隅にパソコンがある。その前に一人でいるのは、レティシアらしかった。

斜め後ろからなので、顔ははっきりとは見えない。が、間違いなくレティシアだった。

いつもは肩にたらしている髪を、後ろでひとつにまとめている。色落ちした青いTシャツを着ている。

彼女は、パソコンの画面を見ながら、そばにあるノートにメモしている。研究のデータか何か……。

斜め後ろからでも、彼女が目の前の作業に集中しているのがわかった。

爽太郎は、2、3分、ドアのそばに立ちレティシアを見ていた。やがて、その場から離れた。

5

5分後。爽太郎は、研究所のベランダにいた。夜の海を眺めていた。

海には、船の明かりがあった。シンガポールの沖にいる大型船。その停泊灯が、いくつも見えた。頬をなでる海風が涼しい。

船の明かりを眺めている爽太郎の胸に、よみがえる光景がある。

あれは、南カリフォルニアの日々……。

その夜、爽太郎は学生仲間と軽くビールを飲み帰ってきた。里美と暮らしている部屋に帰ってきた。

そっと、ドアを開けて部屋に入った。

小さなボリュームで曲がかかっていた。J・D・サウザーらしかった。

里美はテーブルに向かっていた。どうやら、勉強をしているらしかった。テキストを広げ、ノートに何か書いていた。

彼女はいつも陽気で、ジョークばかり言っていた。そんな彼女が真剣に勉強している姿は、爽太郎にとってかなり新鮮だった。里美に声をかけず、爽太郎は彼女の後ろ姿を見ていた……。

この頃から、爽太郎は人の後ろ姿に惹かれるようになっていた。

何かに熱中している後ろ姿。

海を眺めている後ろ姿。

見られていることを意識していない、その瞬間は、必ず美しい……。

いま、里美の後ろ姿を映像にして、CFのナレーションをつけるなら、どんなフレーズになるだろう……。

〈後ろ姿に、物語がある。〉

〈君の背中には、見えない翼がある。〉

〈美しい顔より、美しい後ろ姿。〉

そんなフレーズを、何気なく考えていたあの日……。爽太郎は、ふと思い出していた。

そして、目の前のレティシアの姿に、あの日と同じ輝きを見た。背中にある翼を見ていた……。

爽太郎は、またたいている船の停泊灯を、じっと見つめていた……。

6

「フランス政府の高官が、シンガポールに来る？」爽太郎はエヴァに訊きなおした。

彼女から電話連絡が来たのは、午前10時だった。

エヴァがハノイでプレゼンテーションしたフランス政府の高官、ブシャールが、シンガポールにやってくるという。

「彼は、ハノイでの仕事を終えて、フランスに帰るらしいけど、シンガポールに寄るということよ」

「で、いつ？」

「今日の夕方にはシンガポールに着く予定。夕食のセッティングをしてあるわ。あなたにも、ぜひ会いたいと言ってるわ」

「おれに会いたい？　サインでも欲しいのか？」

「ソータロー、冗談はやめて」とエヴァ。「フランス政府は、あのコンテにＯＫを出さなかったけど、広告代理店〈Ｓ＆Ｗ〉を見切ったわけではないわ」

「というと？」

「向こうとしては、基本的にあのコンテを気に入ったけど、ある部分は気に入ってない。その事を話したいと言ってるわ」

「じゃ、君が話を聞いてこいよ」

「ダメよ。ブシャールは、あなたと直接話したいと言ってる。このチャンスを逃したら、この仕事を完全に失うことになる。とにかく、彼に会って、話を聞いて」

とエヴァ。爽太郎は、軽くため息……。

7

午後6時半。エヴァが泊まっているロイヤル・プラザ・ホテル。

その2階にあるレストラン〈香宮菜館〉。豪華なインテリアのチャイニーズ・レストランだ。

「エルヴェ・ブシャールだ」と彼。英語で言い、右手を差し出した。爽太郎と握手した。

ブシャールは、恰幅《かっぷく》のいい男だった。身長は爽太郎より少し低い。が、体重は20キロ以上重いだろう。

五十代の半ばに見えた。栄養がいきわたった顔はテカテカしている。淋《さび》しくなっているグレーの髪を、後ろになでつけている。よく言えば、精力的な男に見える。

光沢のあるダブルブレストのスーツは仕立てがいい。せり出した腹を、うまく隠している。渋く洒落たネクタイを締めていた。自分の見せ方を知っているようだ。

テーブルには、もう料理とシャンパンが出ていた。シャンパンは、モエ・エ・シャンドンだった。エヴァがオーダーしたのかもしれない。

「お先にやってたわ」とエヴァ。テーブルには、フカヒレの姿煮が出ていた。

ウェイターが来て、爽太郎は青島ビールをオーダーした。

「モエ・エ・シャンドンは好みじゃないのかな？　ミスター・ナガレバ」とブシャール。

爽太郎は微笑。

「贅沢を知らないだけでね」と言った。

「君は、超一流のディレクターだと聞いている。しかも、酒にはうるさいという噂だが」

ブシャールも微笑しながら言った。

「噂がいつも正しいとは限らないよ」と爽太郎。

エヴァが、爽太郎を見ている。〈言葉に気をつけて〉とその目が言っている。爽太郎が、モエ・エ・シャンドンをあまり好きではないのを知っているのだ。

爽太郎は、青島ビールに口をつけた。

ブシャールは、フカヒレをひと口。ナプキンで口元をぬぐい、

「東洋の食文化は、素晴らしい。サメのヒレを、このような見事な料理にしてしまうのだからね」

と言った。シャンパンに口をつけた。

「食文化の話もいいが、仕事の話をしよう」爽太郎が言った。ブシャールは、眉をピクリと上げた。あきらかに不愉快な表情……。

19　いい車だな

1

「なるほど、日本人らしくビジネス優先か」

「そうじゃなく、気が短いだけさ」爽太郎は言った。エルヴェ・ブシャールは、またシャンパンに口をつけた。

「この私に対して、そんなにずけずけと物を言う人間は初めてだ」

「何ごとにも初めてはある」

と爽太郎。相変わらず微笑しながら言った。エヴァが、ハラハラした表情を見せている。

「ナガレバ・ディレクターは忙しいの。エルヴェ、仕事の話をしましょう」と口をはさんだ。

やがて、ブシャールはうなずいた。また、シャンパンに口をつける。

「いいだろう。仕事の話をしよう。君が考えたＣＦのコンテには、感心したよ。『小さな島に、大きな夢』というメッセージは素晴らしい」と、フランス人らしく大げさな手振りをまじえて言った。

〈トレビアン！〉とでも言うか……。が、そこまではしなかった。

「で、相談だ。あのコンテにあった海洋研究もいいが、われわれが扱って欲しいことは少し違うんだ」

とブシャール。エヴァが、彼を見た。

「われわれフランス政府が、南洋の島々でやっている支援のメインは、発電設備を造ることと、つまり発電所の建設、それと道路の整備だ。それを、ＣＦで表現して欲しい。はっきり言って、それが注文だ」

「発電所の建設と道路の整備ね」とエヴァ。ケリーバッグからメモ帳を出してボールペンを走らせた。

「どうだろう。君なら出来るんじゃないかな？」

ブシャールが爽太郎に言った。

「さあ……。やってみなきゃわからない」

「安請け合いはしないということかな？」

とブシャール。爽太郎は、無言でビールに口をつけた。

「しかし、それほど難しいことじゃないだろう。魚料理にたとえれば、鮭のムニエルを舌平目のムニエルに替えるぐらいの事じゃないか？」と言った。

「さて、どうかな」と爽太郎。エヴァが、脇から、

「彼なら、出来るはずよ。超一流のディレクターなんだから」と言った。爽太郎は、白い歯を見せた。

「光栄というべきかな？　じゃ、会えて良かった」

とブシャールに言った。席を立った。

2

エヴァからスマホに着信があった。爽太郎が自分のホテルに戻ったところだった。

「仕事は、大丈夫よね」

「鮭のムニエルを舌平目のムニエルに替える問題かな？　まあ、考えてみる」

「エルヴェも言ってたけど、それほど難しいことじゃないでしょう。あなたなら、すぐにアレンジできるわよね」

「さて……」

「やる気がないの？　あくまで、最初のプランにこだわるの？　もしかして、あの小娘に肩入れしてるんじゃないでしょうね」

「レティシアがどうこうという問題じゃない」

「……じゃ、大丈夫よね」

「まあ、ない知恵を絞ってみるか」爽太郎は言い、通話を切った。

3

「ソータロー！」レティシアから電話がきたのは、その15分後だった。

「どうした」

「部屋の外に、怪しい人たちがいる！」

「わかった。部屋のドアをロックして、絶対に開けるな。すぐ行く」

4

「フォー、いまどこにいる」

と爽太郎。部屋を出ながらスマホで訊いた。

「あんたのホテルから4、5分のところだ」

「すぐ来てくれ。わけは後で話す」

爽太郎は、通話を切るとホテルのロビーに向かう。レティシアにかけた。

「どうだ。窓から見えるのか？」

「見えるわ。アパートメントの外の道路に2人いる。少し離れたところに車が停まってる。連中の車らしい」

「車はなんだ」

「グレーのメルセデス。中型のセダンよ」

「わかった、いま向かう」

爽太郎は言い、通話を切った。ホテルのロビーを出ると、フォーのタクシーが前に停まった。素早く乗り込む。

「レティシアのアパートメント」と言った。フォーが、車を発進させた。

「何があった」

運転しながらフォーが訊いた。爽太郎は、簡単に説明した。フォーに話し終わると、またスマホを出し、レティシアにかけた。

「いま、向かってる。やつら、ドアまでは来ないか？」

「まだ、外の道路で様子をうかがってるみたい」

「わかった。10分以内で着く」

通話を切った。フォーが、タクシーのスピードを上げた。

「レティシアは大丈夫か？」

「やつらは、まだ様子を見てるようだ。部屋に侵入するのは、そう簡単じゃない」

と爽太郎。部屋のドアが、かなりしっかりしていたのを思い出していた。

「やつらは、レティシアが出てくるのを待ちかまえてるのかもしれない。あるいは援軍を待ってるのか……」

5

「そこで止めてくれ」爽太郎はフォーに声をかけた。レティシアのアパートメントまで、2ブロックのところだった。

「ここで、待っててくれ。何か騒ぎが起きたら、すぐK・Jに連絡してポリスカーを呼ぶんだ」

「オーケー」

とフォー。爽太郎はタクシーを降りて、歩きはじめた。

通りの角を曲がる。彼女のアパートメントまでは、50メートルだ。近づいていく。夜なので、人通りは少ない。

アパートメントの20メートルほど手前に、中型のメルセデスが駐まっていた。2000ccのエンジンを積んだ新しいモデル。ヘッドライトは消している。エンジンは、かかっている。

車から離れて、男が2人。アパートメントのすぐ近くにいる。歩道に立ち、アパートメントの窓を見上げている。

爽太郎は、何気ない足どりでメルセデスに近づいていく。

車は、スモールライトだけつけていた。さらに近づいていく。

運転席に1人いた。ステアリングに片手をかけ、外を見ている。やはり、レティシアのアパートメントを見上げている。

爽太郎は、斜め後ろから、そっと車に近寄る。

が、運転席にいる男は気づかない。レティシアのアパートメントを監視するのに気をとられているようだ。

車まで、3メートル、2メートル、1メートル……。

爽太郎は、助手席のドアに手をかける。一気に開け、車内に。

運転席の男が驚いて振り向いた。若いチャイニーズ。濃いグレーのスーツを着ている。

「いい車だな」と爽太郎。

相手は、右手を上着の中に！　が、爽太郎の方が早かった。

相手の顔面に、左のショートフック！　叩きつけた。やつの顔がのけぞる。

それでも、右手を上着から出そうとした。

爽太郎の左アッパー！　やつの顔を突き上げた。やつの頭がヘッドレストにぶつかる。

爽太郎は、やつのエリ首をつかむ。その顔面を、車のステアリングに2回叩きつけた。

にぶい音が車内に響く。

やつは、ぐったりとした。どうやら気絶したらしい。

爽太郎は、やつの上着の中をさぐった。案の定、拳銃が出てきた。それを車の床に放った。

爽太郎は、車のギアをDレンジに入れた。ハンドブレーキを外した。

メルセデスは、ゆっくりと動きはじめた。

爽太郎は、ステアリングを少し切って車を道に……。

道路は、ゆるい下り坂。車のスピードが上がっていく。人が歩くスピードから、早歩きするスピードに……。

さらに、小走りの速さに……。

歩道にいた2人が、動き出した車に気づいた。何か叫んでいる。車を追いかけてくる姿がミラーに映る。

車は、さらにスピードを上げる。坂を下っていく。

行く先は、車が走っている大通り。通りの向こうには、寺院。にぎやかに装飾されたヒンドゥー教の寺院だった。

人が走るスピードで、メルセデスは大通りに！

通りまで、あと10メートル。爽太郎は、車のドアを開けた。外に飛び出す。体を丸め、道路に転がった。

メルセデスは、大通りに突っ込んでいく。右から走ってきたワーゲンが、あわてて急ブレーキ！　つんのめって止まった。

メルセデスは、そのままの勢いで大通りを突っ切る。

ヒンドゥー教の寺院に突っ込んだ！　原色で装飾された寺院に、車の鼻面が突っ込む。

腹に響く大きな音が！

爽太郎は、立ち上がっていた。ジーンズの膝が破れている。ひどい怪我はしていないようだ。

あたりは、騒然としはじめていた。大通りに車のクラクションが鳴り響く。寺院からは、頭にターバンを巻いたインド人たちがあわてて出てくる。みな驚いた顔をしている。

寺院の壁に車の前部が突っ込んでいる。壁は一部が崩れはじめている。崩れた壁の破片が、突っ込んだメルセデスの車体に落ちてきている。

「寺を壊すと、バチが当たるぜ」

爽太郎はつぶやいた。その時、後ろで足音。振り向く。

男が2人、走ってきた。レティシアのアパートメントを見張っていたやつらだ。

2人とも30歳ぐらいのチャイニーズ。スーツ姿。爽太郎を睨みつけた。

片方は、がっしりした体格。もう片方は、痩せている。2人とも目つきが鋭い。

1人が、右手を上着の中に入れた。拳銃を抜く……。が、もう1人が、中国語で短く叫んだ。〈やめろ〉と言ったらしい。

あたりには、人だかりがしはじめていた。遠くから、いくつものサイレンが聞こえてきた。

サイレンは、近づいてくる。

やがて、2人は身をひるがえし、早足でその場を歩き去る……。爽太郎は、レティシアのアパートメントに向かった。

6

爽太郎は、ドアをノック。5秒ほどして、ドアが開く。

「おれだ」と言った。5秒ほどして、ドアが開く。レティシアが顔を見せた。さすがに表情が硬い。爽太郎は部屋に入ると、ドアを閉めた。

「あの連中は？」

「帰ってもらった」と爽太郎。「とりあえずは大丈夫だ」

レティシアが、息を吐いた。硬かった表情がゆるんだ。

「ノドが渇いた。ビールあるかな？」

と爽太郎。レティシアがうなずいた。冷蔵庫からサン・ミゲールを出した。

爽太郎は、受け取るとラッパ飲み。

「破れてる」とレティシア。爽太郎のジーンズを見て言った。

「流行りのスタイルにしたのさ」ニコリと白い歯を見せた。ビールを飲む。

「ところで、やつらは、なぜこのアパートメントを突き止めた」

「たぶん、尾行されたんだと思うわ。個展会場から、スタッフの車で送ってもらったの。尾行には気をつけてたんだけど……」

レティシアが言った。爽太郎は、うなずく。

「アパートメントを突き止められたのは、仕方ない。だが、ここにいるのはまずいな。危険でしかない」

「じゃ……」

「とりあえず、おれが泊まってるホテルに移ろう。部屋は、おれがとる」レティシアがうなずいた。

「オーケー。荷造りをしてくれ」

「わかった」レティシアは、奥からスーツケースを出してきた。てきぱきと準備をはじめた。爽太郎はスマホを出す。フォーにかけた。

「ソータローか、大騒ぎになってるな」

「K・Jに連絡は？」

「とっくにした。もう現場に着いてるはずだ」

「了解。10分したらアパートメントの前に来てくれ」

7

「支度が出来たわ」とレティシア。「じゃ、行こうか」と爽太郎。そのとき、
「ちょっと待って」彼女が言った。

20　ファースト・キスは、耳たぶに

1

　レティシアは、部屋の隅に行く。

　本棚にある小さな額に手を伸ばした。彼女とセシルが並んで写っている写真の入った額。それを取る。スーツケースに入れた。

「用意出来たわ」と言った。

　二人は、部屋を出る。アパートメントの一階におりた。外に出る。

　フォーのタクシーが止まっていた。爽太郎は、あたりに視線を走らせる。怪しい人影はない。

　フォーのタクシーに、レティシアのスーツケースを積み込む。二人は乗り込む。

「おれのホテルへ」と爽太郎。フォーがうなずいてタクシーを発進させた。

爽太郎は、しばらく後ろに注意していた。が、尾行してくる車はいないようだ。

2

「隣の部屋をお取りしておきました」とホテルのマネージャー。にこやかな表情で、部屋のキーを差し出した。爽太郎は、礼を言いキーを受け取った。

5分後。部屋に落ち着いた。

「とりあえず、一杯やらないか。疲れただろう」爽太郎は言った。レティシアにとっては、緊張の連続だっただろう。彼女も、うなずいた。爽太郎は、ジン・トニックを2杯作った。

1杯をレティシアに渡した。

二人は、ゆっくりと口をつける。

「感じのいい部屋……」彼女が言った。

「ゆっくり休むといい。ここは安全だよ」と爽太郎。ジン・トニックを飲む。

「血が出てる……」

レティシアが言った。爽太郎のジーンズは、膝のあたりが破れている。膝頭から、血が流れていた。メルセデスから飛び降りたときにやったのだ。

「かすり傷だよ。中から消毒するさ」と爽太郎。ジン・トニックを飲み干した。

やがて2杯目も作り、飲み終わる。

「よく寝るんだな」

とレティシアに言った。彼女が、爽太郎の頬にキスをしようとした。が、少し遠慮して、耳たぶに短いキス……。爽太郎は、彼女の頬にそっと触れた。彼女からは、相変わらずココナッツの香りがした。

「じゃ、おやすみ」爽太郎は言い、彼女の部屋を出た。隣にある自分の部屋に戻った。シャワーを浴び、膝の血を洗い流す……。

3

「よりによって、寺院に突っ込むとはな」

K・Jが言った。

「突っ込んだのは、おれじゃない。やつらの車だ」と爽太郎。

「まあ、そういう事だが……」とK・Jは苦笑いした。午後1時。ダウンタウン。K・Jのアジト。彼は、またサティを手に、ビールを飲んでいた。

「お前さんがやってくれた事の始末に、午前5時までかかった」

「ご苦労。で、あのメルセデスに乗ってたやつは？」

「もちろん逮捕したさ。25口径の拳銃が車に転がってた」

「知ってるよ。やつは、シンジケートの人間か？」

「ああ、下っ端だが、〈赤雷〉のメンバーだ」

「1人、ブタ箱に入れたわけだ」

「だが、あのシンジケートは大きい。下っ端をぶち込んでも、たいしたダメージにはならん。これを見てくれ」とK・J。ノートパソコンを立ち上げた。東洋人の男たちが並んでいる。

「彼女の部屋を監視してたやつら、いるか？」

爽太郎は、画面を見る。3枚目の画面。

「上の、左から4人目」と言った。

「チョウか……」とK・J。

11枚目の画面。

「下の、右から3人目」と爽太郎。

「こいつは新顔だな」とK・J。画面にチェックを入れた。

「〈赤雷〉は、事業の拡大中か？」

「そういう事だな。チャイニーズは、手強いよ。くれぐれも気をつけろ。まあ、お前さんには、言ってもムダか」

「そうでもない。これでも慎重派なんだ」

「聞いとくよ」Ｋ・Ｊが、また苦笑した。

4

「リックから話が？」

「ええ、あのＣＦコンテの事で、何かわかったらしいわ」とレティシア。

「わかった。聞きに行こう」

「あと30分で、出られるわ」とレティシア。個展がまもなく終わろうとしていた。

5

「マグロは、嫌いじゃないだろう？」とリック。

「もちろん。これでも日本人だからね」爽太郎が言った。

すぐに、皿に盛られたマグロの刺身が出てきた。

「インド洋のマグロ。海洋調査の分け前だ」とリック。シャンパングラスを手にして笑顔を見せた。海洋研究所のテラス。爽太郎もレティシアも、テタンジェに口をつける。

「で、CFコンテに関する話だが……」とリック。

「何か、わかったのか？」

「ああ、フランスにいるジャーナリストから、今朝、連絡があった」

「で？」

「あのコンテが、なぜ相手に通らなかったか、私にも疑問だった。だが、その理由がわかったよ」とリック。テタンジェでノドを湿らす。

「フランス政府の高官によると、真水の問題じゃなく、発電設備と道路整備についてCFで表現をして欲しいという」と爽太郎。リックは、うなずいた。

「それには、理由があった」

「というと？」

「まあ、マグロを食おう」とリック。器用に箸を使う。刺身に醬油をつけて、口に運んだ。テタンジェをひと口。

「確かに、フランス政府としては、南洋の島々に発電所や送電システムを造ったり、新しい道路を造ったりしている。だが……」

「だが？」

「君には、見当がついてるんじゃないか？」

とリック。爽太郎も、テタンジェでノドを湿らす。

「もしかして、発電所を造ったり、道路整備をしてる企業に、やばい秘密がある?」と言った。

「さすが、腕利きのディレクターだな。鋭い勘だ」

「まぐれ当たりさ」

「そういう事にしておこう。そう、それらの企業に秘密がある。正確に言うと、企業と政府高官の関係に問題がある」

「……ワイロか」

と爽太郎。リックは、うなずいた。

「その通り。発電所を造る、そして道路を整備する、それぞれフランスのある大企業が行っている」

「その大企業が、政府高官にワイロをぶちかましてる」

「どうも、そうらしい。副首相を含む4、5人の高官たちに、ワイロが流れているようだ。そのキャンペーンの窓口になってるのは、何と言った?」

「ブシャール、エルヴェ・ブシャール」

リックは、手もとのメモを見た。

「そう、その男も、ワイロを受け取ってるらしい高官の1人だ」

爽太郎は、うなずいた。

「ありそうな話だ」

「南洋の島々に、次々と発電所を造り、道路整備をする。その予算は、莫大《ばくだい》なものだ。その大企業を選ぶ高官たちにワイロが流れるのは、ありがちなことだな」

とリック。またマグロを口に入れ、テタンジェを飲んだ。

「その、ワイロ、つまり贈賄と収賄は証明されてるのか」

「ジャーナリストたちは、それを暴こうとしているが、まだ証拠を固めきれていないようだ。それが完全に暴かれたら、高官たちは失脚するか、逮捕されるだろう」

「だが、まだ暴かれてはいない……」

「そうらしい。だから、彼らはキャンペーンを展開したいのだろう。南洋の島々へ、有意義な援助をしているというキャンペーンを展開して、国民にそのイメージを植えつけたいんじゃないかな」

「そのキャンペーンを展開した場合、効果は？」

「企業からのワイロが、完全に暴かれず、彼らがグレーの存在になった場合、キャンペーンは有効だろうな。そして、そうなる可能性も高い」

爽太郎は、うなずいた。

「どこの国でも、政治家へのワイロは、なかなか証明されない」

「その通り。だから、フランス政府のワイロ高官たちも、このキャンペーンを展開して、世論を味方につけておきたい。そんなところだろう」

とリック。

「そうなると、彼らがコンテにあった水の事ではなく、発電設備や道路整備を主役にしたキャンペーンを展開したいのは、よくわかるな」と爽太郎。

「そういう事だ」

「場合によっては、ワイロを前提にして、南洋の島々へ支援をはじめたとか？」

「あり得るな。フランス国民には、南洋の島々に本当に何が必要かなどわからない。そこで、大手の企業しか出来ないような発電所の建設や道路造りをやる事にした。ワイロのために、わざわざ仕事を作った。その可能性はある。いまのところは、可能性だがね」

リックが言った。

「世の中に、悪知恵のネタはつきないな」爽太郎は苦笑いする。

「まあ、後味の悪い話はここまでだ。口直しに飲もう」と、2本目のテタンジェを開けはじめた。

6

「ひどい話だわ……」とレティシア。海を眺めてつぶやいた。研究所のテラス。前に広がる海は、暮れはじめている。

「確かに」と爽太郎。「フランス政府は南洋の島々に援助をしているらしいが……」

「それが、ワイロを受けとるためなんて……」

とレティシア。言葉を呑み込んだ。

「ありそうな話だが、これはかなり悪質だな」と爽太郎。「そうだ、プロデューサーに連絡しておこう」と言った。スマホを取り出す。エヴァにかけた。

「ソータロー、連絡待ってたわ。修正したコンテは出来た？」

「それが、少々事情が変わってきた」と爽太郎。エヴァに話しはじめた。てきぱきと、わかっている事を話した。

聞き終わったエヴァは、軽くため息。

「わかったわ。明日にでも相談しましょう」

7

「ワインはどう？」とエヴァ。爽太郎は、うなずいた。
エヴァが泊まっている部屋。午後の7時だ。
テーブルに、白ワインが冷やされていた。エヴァが、ワインのコルクを抜いた。
彼女は、薄手で白いシルクのブラウスを着て、ベージュのスラックスをはいていた。
エヴァが、グラスにワインを注ぎ、1つを爽太郎に渡した。
近づくと、薄いブラウスの中に下着をつけていないのがわかった。

21　乗車拒否も、たまにはいい

1

「この展開に、あまり驚いてないようだな」ワインに口をつけ、爽太郎が言った。

「ワイロのこと？」

「ああ」

「それほど意外ではないわ。よくある事と言ってもいいわね」

「よくある……」と爽太郎。エヴァは、うなずいた。

「たとえば、企業の広告担当者が、使っている広告代理店からワイロを受け取るのは、よくあることよ。これまで、さんざん経験してきたわ。仕事を進めるための潤滑油といってもいいかもしれない」

爽太郎は、肩をすくめる。

「大人の世界だ……。勉強になるな」と言った。

「あなたらしい皮肉だけど、ワイロぐらいじゃ驚かないわ」微笑しながらエヴァが言った。優雅な動作で、ワイングラスを口に運ぶ。

「それにしても、今回は、たちが悪くないか？」と爽太郎。エヴァは少し無言。

「そうだとしても、わたしは興味がない」

「じゃ、興味があるのは？」

「結果的に仕事を成功させること。アカウントを獲得することよ」

「なるほど。で、その先にあるのは？」

「自分自身の成功かしら……」とエヴァ。「そういうあなただって、成功したいでしょう」

「それはともかく、君にとって成功って？」

と爽太郎。エヴァは、ワインを飲みながら、しばらく考える。

「成功に男と女の違いはないと思うわ。男性にとっての成功は、女性にとってもいいモデルケースになると思う」

「男にとっての成功……」

「そう、まず仕事で成功して高い地位を確立する。そうすれば、楽しい人生になるんじゃない？　最高級のアパートメント、スーパーな車、そしてゴージャスな恋人……」

エヴァは、相変わらず微笑しながら言った。爽太郎は苦笑いして、

「セントラルパークを見下ろすペントハウス、車はフェラーリ、スーパーモデルの女か……。ひと昔前の雑誌〈PLAYBOY〉だな」

「そんな皮肉を言ってても、本音では魅力的なはずよ。人はみんなそうだと思う」

「それはともかく、君の目指すのはそこかな?」

と爽太郎。エヴァは、ワインをひと口……。

「わたしの父は、ネブラスカ州にある小さなカレッジで、イギリス文学を教えているわ。地味な仕事でなんの変化もない毎日の生活……。学生たちにイギリス文学を教えていても、父がイギリスに行くことは一生ないと思う」

「それはそれで、悪い人生じゃないと思うが……」

と爽太郎。エヴァは、首を横に振った。

「わたしは、父のような暮らしは嫌。くすんだ生活はしたくない。陽のあたる場所で、陽のあたる仕事をしたい。わたしはそれに値すると思うし、そのためには全力を尽くすわ。あなただって、高級車や、ゴージャスな恋人が嫌いなわけじゃないでしょう?」

「まあ……。ただ、君とは、やり方が違うかもしれない」

「やり方?」

「そう、君は成功するために、あまり手段を選ばないようだ。が、おれには手段が大切だ」

「……というと？」

「仕事を成功させるそれ以前に、自分が納得できるやり方かどうかが大切だ」

「というと、今回の仕事は、ワイロがらみだから、納得できない？」

「もしかしたら、いや多分」と爽太郎。エヴァの青い瞳が、じっと見つめる……。

「あなたは、格好をつけ過ぎじゃない？」

「よく言われるよ。とりあえず、意地っ張りなのは認めるが……」

爽太郎は言った。エヴァは、軽くため息。

「ちょっと、リラックスできる服に着替えてくるわ」

と言った。奥のベッドルームに入っていった。

2

3分後。

エヴァは、着替えてきたのではなく、スラックスを脱いできた。薄いシルクのブラウスだけ身につけていた。

爽太郎に近づいてくる。手を伸ばし爽太郎の頬に触れた。

「あなたは、セクシーだわ」と言った。その声がかすれている。青い瞳は、濡れたように光っている。

エヴァは、爽太郎の首に両手を回した。体が密着する。彼女の体温と香水の香りを感じる。

「それに、このキャンペーンでは、もうあなたしか頼る人はいないわ」

爽太郎の耳元でエヴァが囁《ささや》いた。

やがて、彼女の唇が爽太郎の唇に触れる。爽太郎は、それに応えた。

キスを2秒、3秒、4秒……。

やがて、唇をはなす。エヴァが息を吐いた。その息が熱い。ブラウスごしに、彼女の立派なバストと乳首を感じる。

「キスが上手……」エヴァが爽太郎の耳元で囁いた。

「あのブシャールより上手かな？」

と爽太郎。彼女が顔を離す。

「なぜ、そのことを？」

青い瞳が、爽太郎を見た。

「たいした推理じゃない。プレゼンテーションでハノイに3日は、少し長すぎる。たぶん、その時に彼と親密になったかもしれない。プレゼンテーションの確率を上げるために。彼がシンガポールに来た時も、ダメを押したのかもしれない。もしかしたら、この部屋で」

爽太郎は言った。

「どうしてそう思う？」

「あの夜、ブシャールとこのホテルのチャイニーズ・レストランで会った。その夜のうちに、君はおれに電話をかけてきた。たぶんこの部屋から……。その時、話してる君の背後で、かすかに口笛が聞こえたよ。ブシャールは、ご機嫌だったらしい」

エヴァは軽くため息……。

「確かに彼と寝たわ。キャンペーンを確実に取るためにね」

「その結果は？」

「あなたがコンテを軌道修正してくれれば、必ず通るはずよ。まだ、キャンペーン成功への道は閉じていないわ」

「なるほど。とにかくブシャールは君に夢中というわけだ」と爽太郎。エヴァは軽く苦笑い。

「でも、彼と寝たのはただの仕事よ」

「楽しめなかったか」

「彼は、もう歳《とし》よ。セクシーでもないし、元気もない。つまらなかった。でも、あなたは違う」とエヴァ。爽太郎の首に両手を回したまま、

「楽しみましょう」

と言った。爽太郎から体を離す。ブラウスを脱ぎ捨て、ソファーにもたれた。全裸だった。白すぎるほど白い肌……。

「女に誘われたのは、久しぶりだ」

「嘘……」かすれた声でエヴァが言った。そして、

「きて」

その両膝が、少し開いた。が、爽太郎はじっと彼女を見ていた……。

「わたしを欲しくないの？」

「……今夜は遠慮しておこう」

白い歯を見せて爽太郎は言った。エヴァの表情が、曇った。

「わたしが服を脱いで、拒否した男はいなかったわ」

「乗車拒否も、たまにはいいんじゃないか？」と爽太郎。

「……本当に欲しくないの？」エヴァの声が、さらにかすれている。両脚をまた少し開い

た。

「君は素晴らしい顔と体をしてるが、素晴らしい生き方はしてないみたいだ」

「そんな事はいいから、きて。痩せ我慢しないで」

「残念ながら、もう閉店だ。なんなら、これを相手にしたらどうだ」

と爽太郎。テーブルの上に、果物の盛り合わせがある。そこから、バナナを1本とる。

エヴァにぽんと放った。ドアに向かい歩きはじめた。

後ろで、何か激しいののしり声。

エヴァが、バナナを思い切り投げつけてきた。爽太郎は、それをキャッチ。

「これじゃ、小さいのか」と笑いながら言った。

ドアを開け、廊下に出る。バナナの皮をむく。かじりながらエレベーターに歩いていく。

3

「K・Jが撃たれた……」

爽太郎は、スマホを握り訊き返していた。午前8時過ぎ。ホテル二階のカフェでレティシアと朝食をとっているときだった。フォーから、緊急連絡がきた。

「いつ」

「昨日の夜、10時過ぎだ」

「どこで撃たれた」

「ダウンタウンにある、やつのアジトだ」

〈天堂餐室《パラダイス・カフェ》〉の奥にある例の……」

「そうだ」

「あそこは、安全な隠れ家じゃなかったのか」

「そのはずだったが、昨夜襲われた」

「ということは？」

「もしかしたら、警察の中に内通者がいて、情報を流したのかもしれない」

「で、K・Jは？　ひどいのか」

「右胸部を撃たれてる。一命はとりとめたらしいが、いま救急病院で輸血を受けているようだ」

「やったのは、〈赤雷〉のやつらか？」

「断言できないが、たぶんそうだろう。K・Jは、あのシンジケートについての捜査に専念してた」フォーが、言った。

「K・Jは、話せる状態かな？」

「わからない。が、病院には行かない方がいいと思う。これは一種の罠かもしれない」

「罠……」

爽太郎は、つぶやいた。テーブルで向かい合っているレティシアが、じっと見ている。

22 危険ってやつが嫌いじゃない

1

「K・Jが右胸部を撃たれたというのが、引っかかる」フォーは言った。

「右ということは、心臓の逆側か。急所を外れている」と爽太郎。

「そうだ。だからK・Jは一命をとりとめたと言える。しかし連中は、プロ中のプロのようだ」

「腕利きか?」

「かなり。K・Jが、アジトでしこたまビールを飲んで油断してるところを狙って襲った。やつらは、K・Jに何発も撃ち込んで殺すことも出来たはずだ」

「……だが、連中はK・Jに重傷を負わせて、立ち去ったのか」

「そうだ。どう考えても、不自然だ」とフォー。

「で、罠だと？」

「ああ。Ｋ・Ｊが撃たれたと知れば、例えばお前さんが現れる可能性がある。そうなれば、レティシアにたどり着けると考えたとしても、不思議じゃない」とフォー。

「なるほど」

2

「病院に行く？」とフォー。かなり驚いた声を出した。

「ああ。その気になってるよ。Ｋ・Ｊの容態を見に行く」と爽太郎。

「なぜ……。連中が張り込んでるかもしれない」

「わかってる。が、連中とのやり合いに、決着をつけたい。同時に、やつらがなぜレティシアを狙っているのか、その理由をつきとめたい」

「危険でも？」

「ああ。危険ってやつが嫌いじゃないんでね」

「……あきれたやつだ」とフォー。

「よく言われるよ」爽太郎は笑った。そして、

「ちょっと頼みたいことがある」

3

「わたしのために、危険なことを？」とレティシア。表情を曇らせた。

「心配するな」

「するわよ。あなたに何かあったら……」

「何かないように気をつけるさ。これでも慎重派なんだ」

「嘘！」とレティシア。爽太郎は苦笑い。

「とにかく、〈赤雷〉というシンジケートが、なぜ君を狙っているかをつきとめたい」

と爽太郎。レティシアに微笑して見せた。

4

「こいつはどうだ？」とフォー。1台の車を指した。シンガポールにしては珍しいアメ車。マスタングだった。

「スピードは出る」とフォー。

「だが、もっと小回りがきくやつがいい」爽太郎が言った。

フォーの友人がやっている中古車屋だ。爽太郎は、車を物色していた。やがて、

「こいつがいいな」と言った。かなり古い年式のミニクーパーだった。あちこちに錆が出ている。クオというヴェトナム人らしい店主がそばに来た。

「エンジンはついてるか？」と爽太郎。

「冗談こいちゃいけないよ、ダンナ」とクオ。

「バックは出来るか？」

「もちろん」

「左右に曲がれるか？」

「当然。古い年式だが、よく走るよ。レースが好きなイギリス人が乗ってたんだ」とクオ。

爽太郎は、中を覗いた。マニュアル・シフト。シフトレバーは、どうやら替えてある。確かに、レース好きな持ち主だったらしい。

「これにするよ」と爽太郎。フォーが、そばに来た。

「ちょっと借りるだけだ。この状態じゃどうせ売り物にはならんだろう」と言って、2、3枚のドル札をクオに握らせた。

5

「あんた……」と爽太郎。「どうしようっていうんだ」

フォーが、ミニクーパーの助手席に乗り込んできた。

「おれも同行させてもらう。邪魔だとか言ったら怒るぜ」

「言わないが、危険がともなう」

「おれも、危険ってやつが嫌いじゃないのさ。しかも、これはおれが持ってる」

とフォー。車のキーを顔の前で振った。

「しょうがないクソオヤジだ」

爽太郎は、苦笑い。フォーからキーを奪いとる。

エンジンをかけ、ギアをローに入れた。クラッチを合わせて発進した。

6

病院に着いたのは、午後の3時だった。

建物の前の駐車場には、多くの車が駐まっている。その端にミニクーパーを停めた。降りる。雲行きがあやしい。空が暗くなりはじめている。

爽太郎とフォーは、病院の建物に入る。広い一階ロビーのソファーには30人ぐらいがかけている。

フォーは、慣れた様子でエレベーターに乗る。四階に上がった。

廊下を行くと、治療室がある。制服警官が病室の前に立ち、警備している。フォーの顔を見ると、うなずいた。顔見知りらしい。

「K・Jの具合は？」

「落ち着いてはいます」と制服警官。ガラスの向こう、K・Jの顔には酸素マスク。点滴が腕に刺さっている。眼は閉じている。規則正しく点滴液が落ちている。

「話せるか？」とフォー。制服警官に訊いた。

「いまは投薬のせいで眠ってるようです。話せるようになるには、1日、2日はかかるとか」警官が言った。フォーはうなずく。

「警備、よろしく」と警官の肩を叩いた。病室から離れる。

7

「おいでなすった」とフォー。ステアリングを握っている爽太郎も、うなずいた。

病院を出て2分。ミラーの中に1台の車が現れた。

濃紺のレクサスだった。30メートルほど間隔をとってついてくる。

「いよいよ日本車か……」爽太郎は軽く苦笑い。

交差点を左折。レクサスは、ついてくる。もう一度右折。やはり、レクサスも右折した。

尾行に間違いないだろう。

午後4時なのに、あたりは暗くなり、スコールが降りはじめた。シンガポール独特の激しいスコールが、車のボンネットに叩きつける。

雷鳴が響き、イナズマが光る。その瞬間、ストロボをたいたように、白く美しい街並みが照らし出された。

ステアリングを握っている爽太郎は、ミラーを見た。

30メートル後ろ、尾行してくるレクサスが見えた。運転してるやつの顔は、雨でわからない。

爽太郎は、ステアリングを握りなおした。深呼吸……。

避けられるかもしれない危険な道。だが、自分が避けないことは、わかっていた。

シフトレバーに手をかけた。シフトアップ！　アクセルを踏み込んだ。

タイヤが一瞬悲鳴を上げる。ミニクーパーは尻を蹴られたように急加速。

1ブロック先に交差点がある。交差点まで20メートル。ギアをシフトダウン。アクセルを踏み込む。車は、テールを滑らせながら交差点を左折！　またタイヤが鳴る。フォーが、体のどこかをぶつけ、小さくうめいた。

「乱暴な運転だな」

「日本人はせっかちだからな」

言いながら爽太郎はギアをシフトアップ。アクセルを開く。

ミラーを見た。レクサスも角を曲がってきた。

予想通り。

3ブロックほど、突っ走る。鋭いコーナリングで右折。かなり細い道に入った。

車は、アラブ人街に入っていた。

スコールのせいで、人通りはほとんどない。

「そこを右！」とフォー。爽太郎は、シフトダウン！　鋭いコーナリングで右折。

車のテールが滑り、コンクリートの壁にガリガリとこすれる。が、かまわずアクセルを開く。

「あそこを左！」とフォー。タクシーの運転手だけに、細かい道まで、手に取るように知っている。

細い道を、右折、左折。

小回りのきかないレクサスは、そのたびに少しずつ遅れる。

差は、100メートルぐらいに広がっている。ヘッドライトが小さくミラーに映っている。

「そこを右!」とフォー。アラビア文字の看板が出ている店の角を曲がった。

建物の間に細い道がのびている。ゆるく、左に曲がる。その先は、行き止まりだった。

8

ブレーキ! エンジンをかけたまま、ライトは消す。

爽太郎とフォーは素早く車を降りた。

道の左右に、ごく細い路地がある。爽太郎とフォーは、左右の路地に走り込む。身を潜めた。打ち合わせ通りだ。

スコールは小降りになっていた。

やがて、車のヘッドライトが道路のカーブを曲がってきた。レクサスが、カーブを曲がってきた。

停まっているミニクーパーを見たのだろう。その30メートル後ろで、急ブレーキ。スピードを落とし、停まった。

ミニクーパーの15メートルほど後ろだ。

レクサスは、ヘッドライトを消した。

乗っているやつらは、動かない。レクサスから降りてこない。様子をうかがっている……。

30秒ほどたった。

レクサスのドアが、ゆっくりと開いた。運転席と助手席から、2人の男が降りてきた。

薄暗い中、拳銃らしいものを手にしているのが、わかる。

暗がりに止まっているミニクーパーに近づいていこうとした。

その時、細い路地に身を潜めている爽太郎は、向かい側の路地にいるフォーを見た。

うなずいて、合図。

フォーが、爆竹を手にした。

病院に行く途中、チャイナタウンで買った爆竹。フォーは、ライターで爆竹の導火線に火をつけた。道路に放る。

5秒後。爆竹が、はじける！ 乾いた音が、あたりに響いた。

レクサスから降りた男たちが、驚いてしゃがみこんだ。

この緊張した状況。

爆竹の音は、小口径の拳銃の発射音と聞き違えるだろう。男たちは、レクサスに駆け戻る。開けたドアの陰に隠れた。

前方に止まっているミニクーパーの方から銃声がしたと錯覚している。

やつらは、拳銃を手にレクサスのドアに隠れたままだった。

9

爆竹の音が消えて、30秒……40秒……。

やつらは、ドアの陰から頭を出す。

ミニクーパーに拳銃を向け、撃ちはじめた。連射する音が、あたりに響く！

弾丸は、ミニクーパーに命中する。リアのガラスが砕け、車体にも次々と命中する。

ミニクーパーは、蜂の巣になった。

もし、爽太郎とフォーが乗っていたら、生きてはいないだろう。

やがて、銃声がやんだ。拳銃の弾を撃ちつくしたのか……。

1人が、拳銃から銃弾のマガジンを抜いた。マガジンを交換しようとしている。

爽太郎は、見逃さなかった。

素早く、やつの背後に！　その後頭部をどつく。車のドアにぶつけた。うめき声。やつの手から拳銃が落ちた。

振り向いたやつの横っ面に、左フック！　叩きつける。

続けざまに右のショート・ストレート！

やつは、地面に転がった。

が、次の瞬間、

「そこまでだ」という声。

爽太郎は、振り向いた。もう1人のやつが拳銃を向けている。銃口が爽太郎に向いている。

「弾が残ってるといいな」と爽太郎。

「ためしてみるか」とやつ。

30歳ぐらいの中国人だった。

頬に傷がある。クールで残忍そうな男だった。

「おれにも、弾が残ってるかどうか、わからないんだ。お楽しみだな」とやつ。

「もしその拳銃が空だったら、5秒以内にお前さんをぶちのめす」

「もし弾が残ってたら、あんたは0.5秒で、あの世だ」

ニヤリとして、やつが言った。爽太郎の心臓に銃口を向けた。

弾は、残っているかもしれない……。爽太郎は、やつの表情から感じた。その残忍そうな表情は、何人も殺した経験のあるやつらしい。心の中に、ひんやりとした風が吹いていく。

23　タコとご対面

1

「じゃ、運だめしだな」やつは、拳銃を握る指に力を込める……。

ふいに、その体が、ぐらりと揺れた。前にのめる。地面に崩れおちた。

フォーがいた。

右手に拳銃を握っている。その銃把で、やつの後頭部を強打したらしい。やつは、どうやら気絶している。

「遅いな」と爽太郎。「風穴開けられるところだったぜ」

「問題ない」とフォー。気絶しているやつの手から、拳銃をとる。どうやら45口径のオートマチック。

「こいつは威力のある拳銃だが、もう弾は撃ちつくしてるよ」とフォー。地面に向けて引き金を絞った。カチッという音だけがした。

「だてに警官をやってたわけじゃないな」と爽太郎。

「そういうことだ」とフォー。

2人は、気絶しているやつの首から、締めているネクタイを抜きとる。それで、両手を後ろで縛る。レクサスに押し込んだ。

2

「おい、起きろ」

と爽太郎。やつの頬を軽く叩いた。

30分後。ベイエリアの岸壁。駐めたレクサスの車内だ。

爽太郎は運転席にいた。助手席には、爽太郎に拳銃を向け引き金を引こうとしたチャイニーズがいる。両手はネクタイで縛ってある。体はシートベルトで固定している。

「ほら、起きろよ」と爽太郎。やつの顔をまた叩いた。

かすかなうめき声。やつは眼を開けた。眼のピントが合ってくる。となりの運転席にいる爽太郎を見た。

体を動かそうとした。が、身動きが出来ない状況に気づいた。

爽太郎を睨みつけた。残忍でタフそうな顔。頰には、はっきりと刃物傷がある。

「そんな怖い顔するなよ。話し合いをしようじゃないか、ミスター陳《チン》」

と爽太郎。やつが自分の名前をばらすはずはない。

案の定、無言……。

「陳でもなんでもいいが、知りたいのはお前さんの名前なんかじゃない」

と爽太郎。

車のギアを入れた。ゆっくりと発進。5メートルほど前進した。ブレーキ。

岸壁の端まで、あと3、4メートル。その先は、夜の海だ。遠くに貨物船らしい灯が見える。その灯が、海面に映っている。雨はもう上がっていた。

「端的に言おう。お前らは、レティシアという娘を拉致しようとしてる。彼女になんの用がある」

と爽太郎。やつは、無表情、無言。

「そうか、しゃべりたくないか」

爽太郎は、また車のギアを入れた。軽くアクセル。そしてブレーキ。

車は、岸壁の端から1メートルのところで止まった。

「……どうしようと」

やつが、口を開いた。さすがに硬い口調。

「いや、たいしたことじゃない。いい車なんで、海中を走らせてみたくなってな」

「海中を？」

「ああ、楽しそうだろう」

「バカな……」

「そんなことないさ。優秀な日本車だ。確か、海中も走れると聞いてるぜ」爽太郎は、ニヤリとした。やつは、無言。

「おれを信用しろよ。日本人だから、日本車には詳しいんだ。海中散歩は楽しそうだ。タコやイカを眺めようぜ」

爽太郎は言った。また車のギアを入れた。前進。車の鼻先が、岸壁から突き出して止まった。

岸壁に打ち寄せる波の音が聞こえる。

「じゃ、いくか」と爽太郎。

「バカなことは、やめろ」とやつ。「どうなるか、わかってるのか。お前だって……」

と言った。その声が、こわばっている。

「まだ、日本車を信用してないな。まあ、もしかしたら、海の中でエンストしたりするかもしれないな」と爽太郎。

「そうなったら、おれは窓ガラスでも破ってお先に失礼するよ。お前さんは、ゆっくりタコやイカと遊んでろよ」

やつは、口をパクパクさせる。

「タコは嫌いか？　それなら、ウツボもいるさ」

爽太郎はニコリとした。ギアを入れた。車を前に。

前輪が岸壁のへりから、さらに前へ……。

2つの前輪が脱輪した！

車が前にのめる。ボディの下部が岸壁のへりに当たり、金属音が響いた。

後輪のグリップで車は止まっている。フロントグラスの向こうには、海面が広がっている。

「やめろ！」

「嫌だね。タコに挨拶したいんだ。海中散歩が嫌なら、しゃべるか？　なぜ、あの娘を拉致しようとしてる」

と爽太郎。やつは無言。

「そうか。じゃ、いくか」

爽太郎は、また30センチほど車を前に。

車の腹が岸壁にすれる。車は、また下に向く。フロントグラスの向こうには、海面が迫ってきた。

「そろそろ、吐いたらどうだ」

やつは、まだ無言。だが、残忍そうな顔が汗でびっしょりだ。

「そうか。じゃ、いくか」

爽太郎は、また車を前進させる。後輪が滑りながらも車を前に押す。車体が岸壁にこすれるガリガリという音。

車体が、ぐらりと前に傾いた。エンジンのある重いボンネット部分は、完全に岸壁からはみ出している。車体が、ゆらゆらと前後に揺れはじめた。いつ海に落ちても不思議ではない。

「いよいよ、タコとご対面だな」

「やめろ！　車を戻せ！」

悲鳴のように、やつが叫び、もがく。が、やつの体はシートにがっちりと固定されている。

「やだね。じゃ、しゃべるか」

5、6秒の沈黙……。

「話す！」

ついに、やつが叫んだ。

「それはいいが、早くしないと、落ちるぜ」

「わ、わかった。しゃべる！」

「オーケー。お前ら、なぜあのレティシアを狙ってる」

「……それは」

やつは、言葉を呑み込んだ。また、車体がぐらりと揺れた。

「そ、それは、サファイア・ワンという男に関することだ」やつが言った。

「サファイア・ワン？」と爽太郎。「そいつは、何者だ」

「……スリランカの富豪で、サファイア・ワンと呼ばれていた男だ」

「スリランカ……。で、その富豪とレティシアに何の関係が？」

と爽太郎。やつは、また言葉を呑み込んだ。その時、また車体がぐらりと揺れた。

「……その彼の財産が、いま行方不明になっている」

「財産が行方不明に？」

「ああ……それで、あのレティシアという娘が、その行方を知っているはずだ」

「彼女が……」

「そうだ。あの娘が、少なくともヒントを握っているはずだ」

「レティシアが、どんなヒントを握っているんだ」

「それは、おれも聞かされていない。とにかく、あの娘を捕まえてこいと命令されているんだ」

やつは言った。その口調が、せっぱつまっていた。いま吐いたことは、たぶん本当だろう。そして、こいつは手下なので、それ以上は聞かされていない。そう感じられた。

「オーケー、ミスター陳」

と爽太郎。ゆっくりと運転席のドアを開けた。用心して、岸壁の端におりる。

車の後ろに回る。

「じゃあな」と言う。車の後ろをポンと軽く押した。車体が、下を向いていく。

やつの悲鳴が車内から響いた。

車は、前部からゆっくりと海面に落ちていく。2メートルほど下の海面に、ボンネットから突っ込んだ。大きなしぶき！

が、ボンネット部分だけ海中に突っ込んで、止まっている。

岸壁の下のあたりは、水深1メートルもない。その事を、爽太郎はフォーに聞いていた。

そのフォーが、ゆっくりと岸壁を歩いてきた。

「やつは吐いたか？」

爽太郎は、うなずいた。

「聞き出せる事は、聞き出したようだ」

爽太郎とフォーは、岸壁の端に立ち、見下ろした。レクサスは、ボンネットを海中に突っ込んで、逆立ちしている。もう、エンジンオイルが海面に浮きはじめている。

「海を汚すのは、いかんな」爽太郎は、苦笑しながらつぶやいた。

3

「サファイア・ワン？」

とレティシアが訊き返した。ホテルの部屋。爽太郎はビールをぐいと飲んだ。帰ってきて20分。さっきの出来事を、レティシアに話したところだった。

「なんでも、スリランカの富豪だという」

レティシアは、首をひねった。

「スリランカは、モルディブにも割と近い国だけど……」

爽太郎は、うなずいた。スリランカは、インドの南。インド洋にある国だ。モルディブも、そう遠くはない。

「でも、その人のこと、聞いた覚えがないわ」

「そうだろうな。サファイア・ワンというのは、本名でも何でもなく、ただそう呼ばれているんだろう」と爽太郎。「そうだ、リックは知らないかな？」

「知ってるかもしれない。研究所の調査船も、よくスリランカには行ってるから……」

「じゃ、リックに訊いてみようか」と爽太郎。レティシアはうなずき、スマホを手にした。腕時計を見る。夜の9時半。彼女は、リックにかけた。すぐに出たようだ。レティシアが簡単にわけを話す。

「あなたから説明してくれる？」

爽太郎は、スマホを受け取った。

「リックか、ソータローだ」と言い、話しはじめた。

「その、サファイア・ワンと呼ばれている人物を知ってるか？　レティシアに関わる重要な事だ」

「噂を耳にしたことはある。が、詳しくは知らないな」とリック。「そういう事に情報網を持ってる新聞記者がいる。やつなら、何か知ってるかもしれない。連絡してみるよ」

「よろしく」

24　スリランカに別れを告げて

1

翌日。夕方の5時。

「〈シンガポール・タイムス〉のアダムです」と彼。爽太郎とレティシアと握手した。

海洋研究所。リックの部屋だ。アダムは、背の高い白人だった。イギリス系とわかる。40歳ぐらいだろうか。黒ぶちの眼鏡をかけている。

「で、そのサファイア・ワンという人物だが……」リックが話しはじめた。アダムは、うなずいた。

「彼の本名は、ワン・ハーク」

とアダム。メモ用紙に、〈王克〉と書いた。

「そうか、王はワンと読むんだったな」と爽太郎。アダムがうなずいた。

「だから、サファイア・ワンという呼び名は、〈サファイア王〉ということです」

アダムは言った。冷たいジャスミン・ティーに口をつけた。

「ご存知のように、スリランカは以前セイロンと呼ばれていて、紅茶の生産が盛んです。そして、それ以上に、宝石の産地なんです」

とアダム。みなが、うなずいた。よく知られている事だった。

「スリランカでは、ダイヤ以外の宝石が豊富に産出されています。サファイア、ルビー、トパーズなどなど……。特に、ブルー・サファイアは世界的に銘品とされてます」

とアダム。

「で、そのワン・ハークは、ブルー・サファイアを？」

爽太郎が訊いた。アダムは、ひといき……。

「ワン・ハークという人物については、謎というか、知られてない部分が多いんです。われわれジャーナリストにとっても」

「その噂は、聞いてるな」とリック。「中国系だという以外、あまり知られてないと……」

「海外で活躍する中国人、いわゆる華僑ですね。ただ、ワン・ハークの場合は、その財力が桁外れだと言えるでしょう」

「桁外れ？」

「ええ、彼の生い立ちは不明なんですが、マスコミが注目しはじめた頃は、すでに成功してた。波瀾《はらん》万丈の人生だったと思いますが、彼の名前が広く知られはじめたときは、すでに大富豪でした」

「宝石で？」

「ええ。ブルー・サファイアの宝石商としては、世界一と言われてました。〈サファイア王〉と呼ばれ、その資産は数百億円とも噂されていました」

「だが、その人物像は謎？」と爽太郎。アダムは、うなずく。

「彼のような大富豪にとって、人物像を世間に知られることは、危険をともないます。なので、出来るだけ正体を隠していたのでしょう」

「あんたたち、ジャーナリストでもつかめない？」

「ええ、難しいですね。われわれが持っている情報もあまり多くはないです。スリランカのような国では、彼のような大富豪がプライバシーを守りやすいとも言えるし」

「なるほど。そのワン・ハークが、宝石商として巨額の富を築いたのはわかった。で、彼のその後は？」

リックが訊いた。

「それも、謎が多いんですが」とアダム。一枚の写真を取り出した。

2

みなが、身を乗り出した。

モノクロ写真。それをコピーしたものだった。

もともと、かなり色褪せた写真だろう。それのコピーなので、ぼやけている。が、写っている人物は、わかる。

中年の男女だった。

どこかの家の広いテラス。椅子にかけ、カメラを見ている。

男は、明らかに中国系。がっちりした体格をしている。グレーになった髪は、後ろに撫でつけている。眉が濃い。意思の強さを感じさせる顔立ちだった。

女性も、中国系だった。黒い髪は束ね、穏やかな表情を浮かべている。中年だが、整った顔立ちとわかる。柔らかな笑顔を見せている。

自宅のテラスあたりで撮ったスナップのようだった。

「ワン・ハーク夫妻か？」と爽太郎。アダムが、うなずいた。

「彼と、妻のツーイです。ワンが五十代の頃と思われます。これが、われわれが持っている、彼の唯一の写真です」

「この写真は、どうやって手に入れたんだ」とリック。

「スリランカの警察幹部に金を払って、なんとか手に入れたものです」

「なるほどな」とリック。「そのワン・ハークについては多少わかったが、彼と、このレティシアはどこでつながるんだろう」

アダムは、数秒、無言でいた。やがて、

「なんとなく、糸のようなものが見えてきたことはきたんですが……」

3

みなが、アダムを見た。アダムが、レティシアを見た。

「あなたは、モルディブの出身ですよね。そこにヒントがあるかもしれない」

「モルディブに？」とレティシア。アダムはうなずき、ジャスミン・ティーでノドを湿らした。

「ワン・ハークは、常に危険に晒《さら》されていました。というより、彼の財産が狙われてたんですね。まあ、大富豪だから当然のことですが……」

とアダム。

「いろいろな事件はあったようですが、ある日、決定的な事が起きてしまった……」

「それは?」

「いまから約5年前のことです。アラブ系のテロリストたちが、ワンの屋敷を襲ったんです」

「アラブ系……」

「ええ、ワンの持ってる財産を奪うために、屋敷に攻撃をかけた。そして、ガードマンたちと銃撃戦になったんです。結局、テロリストたちは退散したんですが、その銃撃戦が悲劇を……。彼の妻、ツーイが流れ弾に当たって、死亡してしまったんです」

4

研究所の岸壁に当たる波音が、かすかに聞こえていた。

「その事件はさすがに大きく報道されたので、私もよく覚えています。大富豪を襲った悲劇として……」

とアダム。リックも、小さくうなずいて、

「確かに、記憶にあるな……」と言った。「で、その後のワン・ハークは?」

「妻を亡くした2年後のことです。ワンは、スリランカから姿を消したんです」

「いまから約3年前か……。スリランカから姿を消した?」

「ええ。さらに襲撃してくるだろう連中に危機感を持ったのか、あるいは、何かの理由でスリランカに別れを告げたかったのかもしれません。彼は、船でスリランカを脱出しました」

「船……」

「彼はヨットが唯一の趣味で、かなり大きなヨットを持ってました。そのヨットで、ある日、旧首都コロンボのハーバーから出航したんです」

「どこに向かって？」

「これは噂ですが、彼は、モルディブに島を持っているらしかった。そして、スリランカを出たヨットは、どうやらモルディブを目指したようです」

「モルディブに向かって航海か……」

「ええ。彼のヨットには、腕のいいクルーがいたらしいので、無謀な航海ではなかったようです。しかし……」

「何か、事故が？」

「ええ。モルディブ海域のどこかで、彼のヨットは大シケにあい、無線もとだえた」

「遭難？」

「おそらく、そうでしょう。彼のヨットは、ＳＯＳ信号を一度発信したあと、難破したようです」

「ということは……」

「おそらく、彼もクルーたちも、助からなかったと思えます。スリランカから海軍の船が出て捜索にあたりましたが、ヨットは見つからなかった。モルディブの、どの島にも、漂着してはいなかったようです」

「つまり、沈没した……」

「それは確かなようです」

「……で、彼の財産は？」

「スリランカの屋敷には、宝石は残されていなかったといいます」

「彼が持ってヨットに？」

「そう考えるのが自然でしょうね。だから、この2、3年、沈没したヨットを探し回った宝探しの連中もいるようですが、まだ見つけたという話はないですね」

「モルディブといっても広いからね。南北800キロに1200の島々……」とリック。

アダムが、うなずいた。

「彼のヨットは、モルディブ海域に入ったところで、無線連絡が取れなくなったようです。それから先は、わからない。どこで難破したのかも……。だから、この3年あまり、宝探しをした連中もみな失敗したんです」

アダムが言い、爽太郎はうなずいた。

「あの中国系シンジケートのやつらは、レティシアがその財産の行方を知っている、あるいはそのヒントを持ってると思ってるらしい。なぜかな……」

「それは、私にもはっきりわかりません。ワン・ハークが宝石を持ってヨットに乗ったとしたら、たとえば日本円にして何百億円、あるいはそれ以上ということになるかもしれません。犯罪シンジケートの連中が、必死で見つけようとするのもうなずける。が……それと彼女の関連は、不明ですね。彼女がモルディブ出身ということが何か関係するとは想像出来ますが……」

アダムは言った。

爽太郎は、しばらく考える。

「ワン・ハークのヨットの船名はわかるかな？」

「ええ。それは簡単にわかります。当時、あちこちに報道もされてますから」とアダム。

手元にあるファイルを開いた。

「船名は、BLUE EYES《ブルー・アイズ》。ブルー・サファイアからとったんでしょうね」

とアダム。そのとき、ふとレティシアが顔を上げた。爽太郎を見た。二人の視線が合った。

「もしかしたら……」と同時に口に出していた。

5

ブレーキ。

車は駐車スペースに突っ込んで止まった。個展会場の地下駐車場。爽太郎は、エンジンを切る。とレティシアと車をおりた。

地下駐車場から、一階へ上がる。ロビーに、もう人の姿はない。階段を昇り二階へ上がる。

個展会場の入り口は、とっくに閉まっている。レティシアが、バッグから合鍵を出した。入り口のガラス扉を開けた。

中に入る。レティシアが、スイッチを入れ、照明がついた。

明るくなった会場を、二人は歩きはじめた。展示されている写真を次々と見ていく……。

そして、14枚目の写真。二人は、その前で足を止めていた。写真をじっと見つめる……。

「こいつだな……」と爽太郎。レティシアも、写真を見つめてうなずいた。

25　人生は、レースじゃないから

1

レティシアの父が撮った海中写真。

その中でも、とりわけ美しい一作だった。

写っているのは、2匹のバタフライ・フィッシュだった。

黄色い体に、ブルーの縞《しま》が入った熱帯魚。その2匹が、並んで泳いでいた。

海中に陽射しが、縞になって差し込んでいる。

その背後に、何か見える。それは、船体のようだった。グレーの船体の一部が、写真の隅に写りこんでいる。

バタフライ・フィッシュたちにピントが合っている。画面端の船体は、少しぼけて見える。が、沈船だとはわかる。

やや丸みを帯びた船体は、ヨットに見えた。そして、船首らしいところに、アルファベット。

〈BLUE〉、そのあと〈EYES〉が見えている。最後の〈S〉は画面から半ばはみ出しているけれど、〈S〉であることはわかる。

文字全体はかなりぼやけているが、太い書体なので読める。

「ブルー・アイズ……」

爽太郎が、つぶやいた。

レティシアが、うなずいた。

普通なら、熱帯魚の美しさに目がいき、隅にぼんやりと写っている沈船には気づかないだろう。が、

「どうやら、謎がとけたな」と爽太郎。「君のお父さんが、何気なく撮ったこの写真が鍵だったんだな」

「その、ワン・ハークという人のヨット……」

「ああ、彼の財産とともに難破し沈んだとされているヨットが、たぶんこれだ」

「それで、あのチャイニーズの人たちが？」

「そうだろう。あのシンジケートの連中は、ワン・ハークがスリランカから持ち出した財

宝の行方を必死で探していた。が、肝心のヨットが沈んでいる場所が特定できない。モルディブ海域のどこに沈んでいるのか、わからないでいた……」

「そこで、この写真を見た？」

「そう。どういうなりゆきかわからない。が、シンジケートの誰かがこの写真を見つけた。撮影した君のお父さんは亡くなっているが、娘の君なら、この写真を撮った場所を知っていると考えた。そうなればこれまでの出来事に説明がつく」

「その宝石のために、わたしを？」

「ああ。君を拉致して、この撮影場所を聞き出せれば、巨額の宝石が手に入る。そう考えた。まず、間違いないだろう」爽太郎は言った。

2

「撮影場所が、わからない？」爽太郎は、ビールを手に訊き返した。

「いまは、わからないわ。モルディブの家に帰ればわかるけど」レティシアが言った。

ホテルに戻ってきたところだった。ルームサービスで、サンドイッチを頼んだ。二人とも、シンハ・ビールを飲みながら、サンドイッチを食べはじめていた。

「パパがあの写真を撮った日時は、すぐにわかるわ。画像データをこっちに持ってきてあるから。でも、そのデータには撮影場所は記録されてないの」

レティシアは、生ハムのサンドイッチをひと口。

「でも、モルディブの家に帰ればわかると思う」

「そこに記録がある?」

「そう、パパは撮った写真の日時と撮影場所を記録してたわ。その記録ノートが、家に何十冊もあるの」

とレティシア。爽太郎は、シンハを飲みながら、うなずいた。

「どうしたら、いいかしら」

爽太郎は、1本目のシンハを飲み干す。2本目を、出した。

「2つの理由で、モルディブに行くべきだと思う」

「2つの?」

「ああ。その1は、まずその宝石を見つけること。それが見つかれば、研究費に回せるだろう」

爽太郎は言った。彼女の研究にかなりの予算が必要なのは感づいていた。

「……そうかも……」

とレティシア。さっきアダムに聞いた話では、海に沈んだワン・ハークには、死んだ妻以外の家族はいなかったという。

「だから、彼の財産は見つけたものが引き継いでいいだろう。しかも、犯罪組織に使われるんじゃなく、大事な研究のために使われるなら、ワン・ハークも喜ぶと思う」

と爽太郎。レティシアは、シンハを手にうなずいた。

「それで、もう1つの理由は?」

「それは、おれの個人的な興味なんだ」爽太郎は、2本目のシンハに口をつける。

「そのワン・ハークが残したものが何なのか、興味がある」

「興味……」

「ああ。一代で財産を築き、波乱にとんだ人生を送った男が、最後かもしれない航海に何を持っていこうとしたのか、そこに興味がある。それが、彼を富豪にした宝石だけなのか、あるいは別の何かも一緒にあるのか……そのところが気になる」

爽太郎は言った。

「あなたらしい……」レティシアがつぶやいた。ゆっくりとシンハを飲んだ。しばらく考えている……。

「わかったわ。モルディブに行きましょう」と言った。

「オーケー。行くなら、早い方がいい。おれが締め上げた男から、ワン・ハークの事がこちらに漏れた。それをシンジケートの連中が知ったら、やつらモルディブに先回りする可能性もある。個展は、いつ終わるのかな？」

「3日後よ」

「それは、スタッフに任せられないか？」

「できると思う。パパの知り合いは、もうすでに来場したし……」

「じゃ、1日も早い方がいいな」

レティシアは、うなずいた。

「じゃ、リックに、その事を伝えなきゃ」と言い、スマホを取り出した。

3

2日後。

チャンギ国際空港。停めたフォーのタクシーから、二人は荷物をおろしていた。レティシアは、小さめのトランク。爽太郎の旅行用バッグは、さらに小さい。それを、タクシーのトランクからおろしていた。

「おれも行きたいが、仕事をこれ以上休めないし」とフォー。

「気にしないでくれ。これまで、助かったよ」と爽太郎。フォーと握手をした。短いが硬い握手……。

「くれぐれも気をつけろ。やつらは手ごわいし、必死になってるはずだ。何百億という財宝が手に入る話だからな」

「わかってる。じゃ」爽太郎は、言った。レティシアと出発ロビーに入っていく。

4

爽太郎は、ふと足を止めた。視線を感じたのだ。そっちを見る。

エヴァだった。これから飛行機に乗るらしく、ヴィトンの大型スーツケースがそばにある。濃紺のジャケットにグレーのスラックス。相変わらず、完璧なメイクをしている。

「どこへ？」と爽太郎。

「もちろん、ニューヨークに帰るのよ」とエヴァ。

レティシアが、爽太郎とエヴァを見た。

「わたし、先にチェックインしてくるわ」と言った。航空会社のカウンターに向かい歩いていく。気を遣《つか》ったらしい。

「フランス政府の仕事は？」爽太郎が訊いた。エヴァは、首を横に振った。

「終わったわ。彼、ブシャールが逮捕された」

「逮捕……」

「ええ、ワイロを受け取っていた、つまり収賄の疑いで逮捕されたわ。ほかにも、政府の高官が3人ほど」

「なるほど。で、仕事は終わったわけだ」

エヴァは、うなずく。

「キャンペーンは、空中分解したわ。しばらく、シンガポールにとどまって様子を見てたんだけど、昨日、ブシャール逮捕の知らせが入ったの」

と言った。爽太郎は、うなずく。

エヴァは、カウンターにいるレティシアの後ろ姿に視線を送った。

「彼女とどこかへ？」

「ああ、モルディブだ。彼女が生まれ育った家に用があってね」

「二人でモルディブ。ハネムーンみたい……」とエヴァ。爽太郎は、無言でいた。エヴァは、またレティシアの後ろ姿を見る。

「私、あの子に負けたのかしら……」と、つぶやいた。爽太郎は、しばらくは黙っていた。

「君は、負けていないよ」と言った。そして、「だが、勝ってもいない」

エヴァが、じっと爽太郎を見ている。

「どういう意味？」

「たいして難しいことじゃない。君は、負けても勝ってもいない。つまり、人生はレースじゃないってことだ。勝ちも負けもないと思う」

「……というと、私が人生をレースのようだと思っている？」

「正直に言って、そう感じることがある。人より仕事で成功する、人よりいいポジションに立つ、そして人よりいい服、いいホテル……。君がやってるのは、そんな競争レースじゃないのかな？」

「そうかもしれない。でも、競争意識はモチベーションを高めるから……。それが間違いだと？」

「間違いとは言わない。が、人生をそんなレースの勝負だと考えると、満足なんて永遠に得られないと思うんだが」

「永遠に？」

「ああ。いい立場につけても、その上がある。いい服を着ても、もっといい服はある。だから、レースは延々と続く。しかも、それはゴールのないレースだ。永遠にゴールできないレース。おれは、そう感じるが……」

爽太郎は言った。

エヴァは、しばらく爽太郎を見つめていた。やがて、視線を外した。

「いちおう、聞いておくわ」と小声で言った。そして、かなり無理した笑顔……。

「ありがとう。元気で」

出発ゲートに向かい歩きはじめた。10メートルほど行き、ふと、足を止めた。振り向いた。

彼女は、何か言おうとした。が……やめる。また、ゲートの方に歩きはじめた。

26　ツインルームしか空いてない

1

ポンッと小さな音。〈シートベルト着用〉のサインが消えた。

離陸したシンガポール航空は、水平飛行に移ったらしい。ＣＡが飲み物のサービスをはじめた。

爽太郎は、薄いファイルを開いた。〈シンガポール・タイムス〉のアダムが、出発寸前にホテルに届けてくれた。ワン・ハークに関する資料だった。

スリランカの当局から、うまい手を使って入手した資料だという。どんな手かは知らないが……。

爽太郎は、ファイルを開いた。ワン・ハークの経歴に関するものだった。

★ワン・ハークは華僑の家系だが、出生地などは不明。
★十代の頃、スリランカで宝石を探し一攫千金《いっかく》を夢見るグループに入る。
★二十歳前半で、運命の転機。めったに産出しない大きさのサファイアを偶然に見つけたと推測されている。
★彼はそのサファイアを売り、それを資金に小さな宝石採掘会社を設立。
★その頃に、ツーイと結婚。
★会社は、次第に大きくなり、押しも押されもしない規模になる。
★その成功には、妻であるツーイの貢献も大きかったと噂されている。子供は出来なかった。
★いつしか、ワンはスリランカ政府からも特別の扱いを受ける大富豪になっていった。
★数回にわたって、会社や邸宅が盗賊グループに襲われる事件があったが、大事にはいたらず。(5年前、アラブ系テロリストに襲われ、夫人が亡くなるまで)
そんな資料だった。それほど極秘とは思えず、無理なく入手できるものと思えた。
爽太郎は、サラリと目を通して、となりのシートにいるレティシアに渡した。
レティシアは、ジュースを飲みながら、熱心に資料を読んでいる。

爽太郎は、目を閉じた。シンガポールを発ったジェット機は、モルディブに向かい雲海の上を航行していた。イヤホーンからは、女性歌手が歌う〈In My Life《イン・マイ・ライフ》〉が流れていた。

2

モルディブの首都、マーレ。到着したのは、もう夕方だった。

空港の到着ロビーは、混み合っていた。日本人の姿もそこそこ見える。夏休み、あるいはハネムーンのカップル……。

空港を出る。熱帯だが、シンガポールほどの湿度はない。サラリとした風が、ヤシの葉を揺らしている。

「あっちに、ホテルがあるわ」とレティシアが言った。

島に渡るためには、準備が必要だった。そのため、1日、2日は、ここマーレにいる必要がある。

二人は、マーレを歩きはじめた。ここは首都といっても〈街〉というより〈町〉という方が似合う。5分ほど行くと、

「ここ」とレティシア。小さなホテルの玄関で立ち止まった。

ホテルに入る。やや狭いロビー。カウンターの中、肌の黒い男がいた。

「部屋は空いてるかな?」と爽太郎。男は、うなずき、

「ツインルームなら、1部屋あるよ」と英語で言った。1部屋……。

爽太郎は、レティシアに振り向いていた。彼女と目が合う。やがて、

「いいわよ、1部屋で」レティシアが言った。

爽太郎は、肩をすくめた。部屋の鍵を受けとった。部屋は三階だった。エレベーターで上がりながら、

「同じ部屋に泊まるとは嬉しいね」爽太郎は、笑顔でわざと言った。

「わたしもよ」とレティシア。彼女も明るい声で言った。その明るさの意味が、正確にはわからなかったが……。

部屋は、想像より清潔だった。こぢんまりしたツインルームだ。

もう、夕食の時間だった。二人は、町に出る。アラブ料理店に入った。シークカバブをオーダーし、ワインを飲んだ。ホテルに戻ると、多少の時差もあり眠くなってきた。何事もなく、それぞれのベッドでぐっすりと眠った。

3

「あら……」

レティシアが、思わず声を上げた。

翌日の午前11時。二人は、マーレの港にいた。

港には、さまざまな船が舫《もや》われていた。漁船。貨物船。プレジャー・ボート。ヨット。そして、島と島をつなぐドーニと呼ばれる小船……。

港に面した通りには、船具を扱う店や、船のエンジンをメンテナンスする会社が並んでいた。人通りも多い。

そんな店の1つに、レティシアは歩いていった。どうやら、スキューバダイビング用品の専門店らしかった。その店の前に立ち、

「あら……」と彼女はつぶやいた。店は、廃業したらしかった。何か、貼り紙がしてある。

「もう、やめちゃったみたい」とレティシア。「もう一軒あるから、行ってくるわ。すぐ近くだし」と言った。

「じゃ、おれは、この辺にいるよ」と爽太郎。にぎやかな岸壁を見回して言った。

レティシアは、30メートルほど先にある店に歩いていく。爽太郎は、岸壁をぶらぶらしはじめた。

ほう……。爽太郎は、胸の中でつぶやいていた。

4

岸壁の隅で、ポーカーをやっていた。男たちが3人、古ぼけたテーブルでポーカーをやっていた。10人ほどの男たちが、それを囲んで見物していた。

アラブ系らしい中年男が2人。インド系らしい老人が1人。チップではなく、紙幣をテーブルに置いて、ポーカーをやっていた。

アラブ系の2人は、そこそこ勝っている。目の前に紙幣がある。

インド系の老人は、負けがこんでいるようだった。前にある紙幣が少ない。

5

爽太郎がイカサマに気づいたのは、まもなくだった。

インド系の老人が、ツーペアを作った。すると、彼の後ろで見物している貧相なアラブ系の男が、指を2本、そっと立ててみせた。

テーブルにいるアラブ系の男が、ちらりとそれを見た。

やがて、勝負。カードを開く。

アラブ系の男は、スリーカード。やつの勝ちだ。相手の手の内を知っているから、楽な勝負だ。

インド系老人の持ち金は、また減る。周囲からは、ため息……。

次には、インド系老人に、いい手がきた。フォーカードになった。

すると、彼の後ろにいた男が、指を4本、さりげなく立ててみせた。アラブ系の男は、カードを伏せたまま、おりてしまった。

これでは、インド系老人に勝ち目はない。

次の勝負。インド系老人の手は、ワンペアだった。後ろにいる男が、指を1本立ててみせた。

爽太郎は、背後から、その手首をつかんだ。英語で、

「イカサマは、よくないな」と言った。

6

手首をつかまれた男は、もがく。が、爽太郎は、その手を後ろにねじる。やつが悲鳴を上げた。皆が、振り向いた。

インド系老人も、振り向いて、

「何が……」と言った。

「あんた、イカサマに引っかかってたのさ。こいつが、あんたの手を教えてたんだ。そこのやつに」と爽太郎。テーブルにいるアラブ系の男を目で指した。

アラブ系の男は、持っていたカードをテーブルに叩きつけた。

「てめえ……」

と吐き捨て、爽太郎をにらみつけた。立ち上がる。ポケットから、飛び出しナイフをつかみ出した。

「なんの証拠があって、てめえ……」

「そのあわてぶりが、証拠だな」と爽太郎。ねじり上げていた男の手を離した。貧相な男は、悲鳴を上げ、地面に転がった。

ナイフを握ったやつは、爽太郎の方に1歩。周囲の男たちが、後ずさりした。

ナイフを握っている男は、体が大きい。濃いあごひげを生やしている。が、凄みはない。

爽太郎はリラックスし、半身で身構えた。飛び出しナイフの刃が、南洋の陽射しを浴びて光った。

「やめとけよ。ケガするのはお前さんだ」

爽太郎は言った。が、相手はやめなかった。ナイフを振り回してきた。爽太郎は、軽く上半身を動かす。ナイフをかわす。

2度、3度、やつはナイフを振り回してきた。が、爽太郎の前髪にもかすらない。

「やめとけ。そのナイフで、むさ苦しい自分のあごひげを剃ったらどうだ」

爽太郎は言った。言いながら、警官でもきたらやっかいだと思った。

4回目。やつがナイフを振り回した。爽太郎は、軽く右にかわす。

左のストレート！　やつの鼻面に叩きつけた。五分の力。

それでも、やつの体はよろけ、尻もちをついた。

「ダウンだな。カウントしてやろうか？」

「うるさい！」

やつはよろよろと立ち上がった。また、ナイフを握って突っ込んできた。

その横っ面。爽太郎の右フック！　かなり思い切って叩きつけた。やつの体は、回転しながら岸壁に転がった。もう動かない。

爽太郎は、あたりを見回す。

「目ざわりだ。片付けてくれ」と言った。周囲にいた男たちが、やつの体を担ぎ上げ、立ち去っていく。

7

「助かったよ」インド系の老人が言った。

「あいつら、まさかそんなイカサマをしてたなんて。あのままだったら、とことん巻き上げられるところだった」

「それは、どうかな？」と言った。老人が爽太郎を見た。「あんた、カードに関してはかなりの腕利きじゃないのか…」と爽太郎。

「なぜ、そう思う？」

「あんたがカードをさばく手つきは、かなりの腕前と見えた」

「という事は？」

「これは推測だが、あんたは金持ちで、いまさっき賭けてた金など、どうという事のないものだったんじゃ？」

老人が、微笑しながら爽太郎を見た。微笑しているが、その眼光は鋭かった。

「あんたは、もともと奴らに金をくれてやるつもりで、カードのお遊びをやっていたのかもしれない。おれが奴らを締め上げたのは、余計なお世話だったかな？」

と爽太郎。老人は、褐色の顔から、白い歯を見せた。

「…まあ、そういう事にしてもいい」と言った。

「それにしても、君は鋭いなあ。日本からか？」

「ああ、ハネムーンでね」

「嘘つきたまえ。そうは見えない」と老人。「そんな事はともかく、君のような人間に会ったのは久しぶりだ」

と言い、愉快そうな笑顔を見せた。

老人はきれいな英語を話す。よく見れば、頭に巻いているターバンも、身につけている服も、上質なものだった。痩せているが、貧しそうな雰囲気はない。皺だらけだが、その顔には知性も感じられる。

「せっかく出会ったんだ。昼飯でもごちそうしたいんだが。私はシンだ」

そのとき、レティシアが、歩いてきた。

「どうだった？」と爽太郎。

「大丈夫。スキューバダイビング用品は揃うわ」と言った。爽太郎と一緒にいるシンを見た。

「彼は、シン。昼飯をおごってくれるそうだ」と爽太郎。

「モルディブに知り合いがいたの？」

「いや、いま知り合ったんだ」爽太郎は言った。レティシアは、かなり驚いた顔をしている。

そのとき彼方からエンジン音が聞こえた。

1艇のボートが、岸壁に近づいてくるのが見えた。20フィートほどの小型ボートだった。

やがて、岸壁に着岸する。舵を取っているのは、若いインド人だった。

「ミスター・シン、ランチの用意が出来ましたよ！」とシンに言った。シンは、うなずく。

「じゃ、昼飯にしようか」

爽太郎とレティシアに言った。ボートに向かい歩きはじめた。

27　君の島へ

1

ボートの行く手に、大型船が見えてきた。

岸壁を離れて300メートルほどの沖。停泊している白く大きな船。全長50メートルはありそうな大型船だった。

ボートは、スピードを落とし、その船に横付けした。船の横腹には出入り口がある。

シン、爽太郎、レティシアは、船に乗り移った。白い制服を着た乗組員が3、4人出迎えてくれる。

船内は、チーク材と真鍮で出来ていた。磨き込まれたチーク材の階段を上っていくと、広いデッキに出た。そこがダイニングらしい。

「まあ、楽にしてくれ」シンが言った。

2

「これは、なかなか」と爽太郎。カレーを口にして言った。

周囲の海を見渡す広く豪華なダイニング。テーブルにつき、カレーを食べはじめたところだった。

カレーは、フィッシュヘッド・カレーだった。魚の頭をスパイスの効いたカレーで煮込んである。目玉とギザギザした歯を見せている魚は、マナガツオらしい。

「腕のいいコックを乗せているな」

爽太郎が言った。シンは、微笑してうなずいた。

「ところで」と口を開く「君は、珍しい男だな」

「どこが?」と爽太郎。インド産のマハラジャ・ビールに口をつけた。

「この船に初めて乗った連中は、みな私の素性を知りたがるよ」とシン。

「あんたの素性なら、知ってるさ」

と爽太郎。

「と言うと?」

「あんたは資産家らしいが、庶民のものとされてるフィッシュヘッド・カレーをなんのでらいもなく客に出す。つまり、男として何をすべきかを知っている。さらに言えば、ビールを冷やす適温も知っている」

爽太郎はビールのグラスを手にして言った。シンは、声を上げて笑った。

「これは愉快だ。たいていの客は、フィッシュヘッド・カレーを見ると驚くよ。確かに元はインド人の労働者が食べてたものだからね。客の中には、顔をしかめる者もいる。君のような事を言った人間は初めてだ。これはまたまた愉快だ」

「褒められてるのかな？」

「もちろん」とシン。「君のような男と出会えて、嬉しいよ。何か、欲しいものはないかな？　確かに私は資産家だ。があの世まで金を持っていくつもりはない。欲しいものがあれば、なんなりと言ってくれ」

爽太郎は、しばらくあたりを見回す。

「よければ、あそこにあるゾディアックが欲しい」と言った。

いま乗っている大型船には、3艇の小型ボートが繋がれている。この大きな本船と陸をつなぐアシとして使っているらしい。

その1艇が、フランス製のゾディアックだった。

ゴムボートだが、船底はＦＲＰ。船外機がついた小型のボートだ。

軍用のボートとしてよく知られているが、海洋調査などにも使われるタフなものだ。「なるほど。君も、本物を見分ける目を持っているらしい」とシン。「いいだろう。あれは君にやる。こちらは新しいのを買えばいいからな」と言った。爽太郎とかたい握手をした。

3

「あなたといると、驚くことばかりよ」レティシアが言った。

「いずれ、慣れるさ」

2時間後。爽太郎とレティシアは、ゾディアックに乗っていた。本船のデッキでは、「グッドラック！」とシンが手を振る。

爽太郎は、手を振り返す。船外機のアクセルをゆっくりと開く。港に向かい走りはじめた。

「しかし、こいつは島で使える」と爽太郎。ゾディアックのスピードを上げながら言った。

4

「やあ、レティシア」と褐色の肌をした男が声をかけた。レティシアは、手を振る。

「レティシア、4カ月ぶりかな」と別の中年男が笑顔で言った。レティシアが、笑顔を返す。ほかの男たちも、レティシアに手を振っている。

港の岸壁。ドーニがずらりと並んでいる場所だ。

「人気者だな」と爽太郎。

「みんな、ドーニでお客を島へ運ぶ船頭さんたちよ。わたしが十代だった頃、学校に通うために乗ってたドーニの船頭さんもいるわ」

「なるほど……」と爽太郎。しばらく考えている。

「何か?」

「少し心配ごとがある。おれたちがシンガポールを発ったことを、シンジケートのやつらは知るだろう。そうなれば、やつらもモルディブにやってくる可能性が高い。そして、この最大の交通機関はドーニだ」

「……シンジケートの人たちが、わたしの事をドーニの船頭さんに聞いて回る?」

「ああ、あり得ることだ。そうなれば、君の行方をやつらは知る事になる。かといって、港の全員に口止めするわけにもいかないな」

「じゃ……」

「出来るだけ早く、島に渡り、沈んでるヨットを探し出す事だな」

「わかったわ。急ぎましょう」

レティシアは言った。二人は、食料などの買い出しに向かう。

5

「ほう、ゾディアックか……」と褐色の肌をした中年の船頭。

「そういう事」と爽太郎。

翌日の午前10時。岸壁。出発の準備をしていた。

レティシアがよく知っている船頭のドーニ。そこに食料や水を積み込んでいく。レティシアは、スキューバダイビング用の酸素ボンベも積み込む。

爽太郎は、シンからプレゼントされたゾディアックをドーニの船尾にロープで繋いだ。

ドーニは、そこそこの大きさがある。10人ぐらいの客は乗せられるだろう。ディーゼルエンジンが装備されていた。

二人は、1時間ほどで荷物を積み込んだ。

「じゃ、行くか」

と爽太郎。マニというその船頭はうなずく。エンジンをかけた。

舫いを解き、岸壁から離れる。ゆっくりと港を出ていく。

港を出ると、しだいに海の色が変わる。薄いブルーから、濃いブルーに変わっていく。水深が深くなっていくのだ。

海は穏やかだ。けれど、ドーニは、あまりスピードを上げない。後ろにゾディアックを曳《ひ》いているので、スピードが出せない。時速8ノット。自転車ぐらいの速度で走っている。

やがて、南マーレ環礁に入った。広大な環礁の中に、サンゴ礁でできた島々が点在している。そこそこ大きな島もあるが、ほとんどが小さな島だ。

広さはテニスコートほど、ヤシの木が10本ぐらいしか生えていない小島もある。もちろん無人島だろう。

ドーニは、そんな島々を左右に見ながらゆっくりと進んでいく。海の色は、青い水彩絵の具を溶かしたような色だ。

「軍艦ドリ」

上を指差して、レティシアが言った。黒い翼を広げた、かなり大きな鳥が空を漂っていた。

「シロアジサシ」

また、レティシアが空を見上げて言った。青というより紺色に近いような空を、真っ白い鳥が横切っていく。

空の鳥を追っているレティシアの表情が、どんどん明るくなっていくのが感じられた。彼女の髪が、海風を受けてサラサラと流れている。

6

「あそこよ」

レティシアが行く手を指差して言った。マーレを出て50分ぐらい。ドーニの進む先に、一つの島が見えてきた。

「君の島?」と爽太郎。レティシアは、うなずいた。

「意外に近いんだな」

また、彼女がうなずいた。

「パパは、よその国へ行くことが多い仕事だった。だから、空港のあるマーレにあまり遠くない島を選んだの。そのおかげで、わたしはマーレにある学校に通うことができたわ。同じ島に住んでいたセシルも……」

とレティシア。

爽太郎は、胸の中でうなずいた。同時に思っていた。島に帰るのは、彼女にとって嬉しいことだろう。けれど、それは同時に、17歳で死んだセシルのことを思い出すことでもある。そこに、辛さはないのだろうか……。

島が、さらに近づいてくる。レティシアによると、島は周囲が1キロもないという。が、ヤシの木がぎっしりと生えていた。

島に近づくと、囲んでいる環礁が見えた。島は、円形のサンゴ礁に囲まれている。その環礁には、船が通れるような切れ目がある。そこだけ、サンゴ礁を削ったのだろう。その切れ目を抜けて、内海に入る。海の色が、青から、エメラルドグリーンに変わった。水深が浅くなったのだ。200メートルほど先に、白い砂浜が見える。

ドーニの船べりから覗くと、透明な水の下に、砂地の海底が見えた。泳いでいる色鮮やかな熱帯魚も見える。

やがて、行く手にコンクリートで出来た桟橋が見えてきた。

7

「ありがとう、マニ」とレティシア。船頭の彼に、モルディブ通貨ルフィアの硬貨を2、3枚渡した。

桟橋に着いたドーニから、載せてきた荷物を降ろしたところだった。後ろに曳いてきたゾディアックは、桟橋の端に舫った。マニは、

「何かあれば、すぐ連絡をくれ」と言った。ドーニに乗り桟橋を離れていった。

レティシアと爽太郎は、桟橋を歩き、砂浜に……。

あまりの眩しさに、爽太郎はサングラスをかける。それほど、砂地の白さは圧倒的だった。砂糖や塩より白い。南洋の陽射しを浴びると、その眩しさが目に痛いほどだった。

二人は、家に歩いていく。

波打ちぎわから30メートルほど行くと家がある。

家の壁は、石で造られている。屋根は、ヤシの葉で葺《ふ》かれている。

レティシアが、鍵を出した。がっしりした木のドアを開けた。

中に入る。ひんやりとした室内。ほの暗さに、なかなか目が慣れない。レティシアが、鎧《よろい》戸を次々に開けていく。部屋の中に、光が入る。

かなり広い部屋。真ん中にテーブルがある。隅には、キッチンがある。

「こっちがベッドルーム」とレティシア。2つあるドアを開けた。そこそこ広さのあるベッドルームだった。

1つは、レティシアのベッドルームらしい。女性らしいインテリアだった。

もう1部屋は、彼女の父が使っていたベッドルームだろう。広さはあるが、シンプルな部屋だった。

レティシアが、キッチンの隅にある電気のブレーカーを上げた。天井のフライファンがゆっくりと回りはじめた。

レティシアは、冷蔵庫を開ける。いまは空の冷蔵庫に、スイッチが入ったのを確かめる。

「じゃ、荷物を運びましょう」

二人は、桟橋にある荷物を家に運びはじめた。

8

30分ほどかけて、荷物を運び終わった。食料や水は、冷蔵庫に入れた。ひと息つく。

持ってきたパンとハムで、簡単なサンドイッチを作る。食べ終わると、

「さっそく、パパの撮影記録を見ましょう」とレティシアが言った。

家を出る。回り込むと、裏側に小屋があった。やはり石造りの小屋だった。

レティシアが、鍵を使いドアを開けた。中は、ひんやりしていた。どうやら、道具の倉庫らしい。

スキューバダイビングのレギュレーター、足ヒレ、撮影機材、釣り具、魚を突くモリ、などなど……。

部屋の隅に、木の棚がある。その棚に、分厚いノートが積み重なっている。

「パパの撮影記録?」

「そうよ」とレティシア。そのノートに手を伸ばした。ノートは、古ぼけ、破れかけているものもある。

「そのワン・ハークさんのヨットが遭難したのが3年前とすると、それから、パパが死ぬまでの間ね」

レティシアは言った。やがて、棚の上から5冊ほどのノートを手にとった。倉庫を出て、家に戻った。テーブルにノートを置く。

彼女は、持ってきたメモを取り出した。あの写真が撮られた日付けを書いたメモ。それを見ながら、ノートをめくっていく……。

9

「あった……」

レティシアが、つぶやいた。調べはじめて30分ほどたった時だった。彼女はノートに視線を走らせて、

「あの写真は、この島から遠くない海域で撮影してる……」と言った。

28 水着姿は、少し眩しくて

1

さらに、メモとノートを照らし合わせる。

「これだわ。9月24日、カットナンバー527……」

爽太郎も、ノートを覗き込む。ボールペンの走り書き。細かい字で、緯度と経度が書かれていた。

「でも……」とレティシア。ノートのページを見つめた。

ノートのページには、シミがある。湿度の高い倉庫で保管されていたから仕方がないのだろう。細かい茶色のシミがページに散っている。

問題の箇所……緯度・経度が書かれているところにもシミがある。

緯度の数字、その最後がシミで読めなくなっている。レティシアは、そのページをじっと見つめている……。

2

夕方。シャワーを浴びる。

家の裏に、シャワーがある。貯めた雨水を利用した野外のシャワーだった。家の外壁についているシャワー。下は芝生だ。その足元には貝殻があり、貝殻の中にココナッツの石鹸が置いてあった。レティシアの体から香るココナッツの香りを、爽太郎はふと思い起こす……。

爽太郎は、シャワーを浴び、家に入った。

家のキッチンでは、レティシアが調理をしていた。いい匂いが漂っていた。

「今日は、たいした物は作れないわ」

「いいさ」と爽太郎。冷蔵庫からシンハ・ビールを取り出した。

レティシアがテーブルに皿を出した。茹でたソーセージ、揚げたバナナが皿にのっていた。

二人は、ビールを飲みながら食べはじめた。

「沈んでるヨットの位置は、だいたいわかったわ」

「それは？」

「この島から、5キロぐらいの所にある海域よ。ただ、緯度・経度の最後がシミで読めないから、ピンポイントでは特定できない。距離にして1キロ四方ぐらいの海域を探す必要があると思うわ」

「沈んだヨットを見つける可能性は？」

「もちろんあると思うわ。でも、時間がかかるかもしれない。1日、2日で見つかる可能性もあるけど1週間以上かかるかもしれないわ。もしかしたら、ダメな場合も考えられる」

とレティシア。爽太郎は、うなずいた。

レティシアが、大きな海図を取り出した。問題の海域を指した。

「ただ、ラッキーなのは、この海域の水深がそれほど深くないことね。せいぜい7メートルから12メートルよ」

「あの写真からも、それはわかるな」

「ええ。あの写真だと、海中にかなり太陽光が差し込んでいた。だから、そう深くはないみたい。海が穏やかなら、ボートの上から探すことも出来ると思うわ」

微笑しながら、レティシアが言った。

3

爽太郎は、一瞬目を細め、サングラスをかけた。

レティシアの姿が少し眩しかったのだ。

午前9時半。二人は、家を出ようとしていた。

レティシアは、水着姿だった。かなりハイレグなカット、競泳用のようなワンピース水着だった。爽太郎が初めて見る彼女の水着姿だった。

ココアのような色の艶やかな肌で、手脚がのびやかなレティシアには、そのハイレグ水着が似合っていた。

二人は、荷物をボートに運びはじめた。スキューバダイビング用具。釣り具。クーラーボックスには、昼食と飲み物など……。それを、桟橋に舫ったゾディアックに積み込む。

爽太郎は、船外機を始動させた。エンジンは、快調。燃料も充分にある。

やがて、桟橋を離れる。島を囲む環礁の切れ目にボートを向けた。環礁を抜けると、海の色が変わる。水深が深くなるのがわかる。上空では、5、6羽のシロアジサシが風に漂っている。爽太郎は、アクセルを開いていく。

4

「このあたりね」とレティシア。携帯用のGPSで緯度・経度を確認しながら言った。あの写真が撮られた、その海域に入ってきたらしい。

爽太郎は、ボートのスピードを落として止めた。

「とりあえず、覗いてみるわ」レティシアが言い、シュノーケリングのマスクや足ヒレを身につけた。ゾディアックの船べりから、海面に滑り込んだ。

一度、海中を覗き、やがて顔を出した。

「今日は海底まで見通せるわ。しばらく、これで探してみる」と言った。海面にいるその身のこなしが、アザラシやラッコのようだった。

ボートにいる爽太郎もうなずいた。水の透明度が高いのはボートの上からもわかった。

レティシアは、海面をシュノーケリングで進んでいく。爽太郎は、ゆっくりとボートを進め、彼女と併走する……。

5

「まだ初日だから、仕方ない」爽太郎は、クーラーから冷たい水を出して言った。船に上

けた。


がったレティシアに渡した。

　午後3時過ぎ。その日の探索を終えようとしていた。レティシアは、冷たい水に口をつける。爽太郎は、ゾディアックのクラッチを入れた。島に戻る方向に船首を向けた。

6

「あっ」とレティシアが彼方を指差した。島に向かって10分。低空を海鳥たちが旋回していた。

　爽太郎も、すでに気づき、ボートのスピードを落としていた。

　海鳥の雰囲気から、海面下に魚がいるのは、わかった。旋回している海鳥たちには、魚影が見えているのだ。

「かかるかな」と爽太郎。船べりから、小型のルアーを流しはじめた。

　すぐに、リールがジーと鳴った。魚がかかったらしい。操船をレティシアに任せ、爽太郎は短いロッドを手にした。リールを巻きはじめた。

　3分ほどで、魚が船に上がった。3キロほどの、かなり太ったカツオだった。

「晩飯が釣れた」

「カンドゥ」とレティシア。「モルディブでは、カツオをそう呼んでるわ」

「いいディナーになりそうだな」爽太郎は、カツオをクーラーに入れた。

7

「おまちどおさま」

とレティシア。テーブルに皿を置いた。大きめの皿には、カツオの刺身がのっていた。カツオの半分を、刺身にしたらしい。シンガポールから持ってきた醬油もある。

二人は、ビールを飲みながらカツオを口に運びはじめた。

1杯目のビールが空になる頃、爽太郎は、

「この写真は？」と訊いた。

テーブルの近くにある本棚。そこに額があり、一枚の写真が入っていた。

この島の砂浜で撮ったらしいスナップだった。まだ幼い少女が二人。レティシアとセシルだった。レティシアの父親もいる。そしてセシルの後ろに両親らしい二人。セルフタイマーで撮ったようだ。

「わたしやセシルが、まだ5歳だった頃よ」

とレティシア。爽太郎は、あらためて写真を見る。そこに、レティシアの母親はいない。

「……わたしの両親は、もう離婚してたの。わたしが2歳の時には、島を出て行ったの」

彼女が、自分から口を開いた。

「じゃ、お母さんの記憶は……」

「ないわ。パパも、母のことは何も話さないし……。母について教えてくれたのは、セシルの両親なの」

「へえ……」と爽太郎。カツオの刺身を口に入れ、ビールを飲んだ。

「あれは、わたしやセシルが確か12歳の頃だった。パパは仕事でよその国に行ってて、わたしはセシルの一家と食事をしてたわ」

「その時に、お母さんのことを？」

「ええ。セシルの両親も、わたしたちがもう12歳になってたし、話してもいいと思ったんでしょうね」とレティシア。立ち上がって、冷蔵庫から新しいビールを出してくる。

8

「母は、ニューカレドニアの首都ヌーメアで生まれ育ったの」

とレティシア。自分もビールでノドを湿らしながら言った。

「ヌーメア……かなり大きな街だな」と爽太郎。かつて行ったヌーメアを思い出していた。

「そうみたいね。わたしは、行ったことがないんだけど……。母はポリネシア系で、ニューカレドニアの観光局で働いてた」

「それで、君のパパと知り合った？」

「そう。撮影の仕事でニューカレドニアに行ったパパと知り合って、やがて二人は結婚した」

「で、モルディブへ……」

「そう、母がこの島に来て3年後にわたしが生まれたの。でも、その2年後、二人は離婚し、母はこの島を出てヌーメアに帰った」レティシアは言った。

9

「お刺身、なくなったわね」とレティシア。テーブルを立つ。キッチンで手を動かしはじめた。

フライパンにオリーブオイルを敷く。ニンニクと玉ネギのスライスを入れ、しばらく炒める。そこへ、塩コショウを振ったカツオの切り身を入れる。表面に焼き色をつけて、皿に盛りつけた。ぶつ切りにしたライムも皿にのせた。白ワインを冷蔵庫から出してきた。

「モルディブで一番よく食べられてる食材はカツオなんだけど、これは最も簡単な調理法」

とレティシア。カツオの上にライムを絞りかけながら言った。

「嬉しいね。日本でカツオに振られたもので」

「え?」

「いや、こっちの話……」と爽太郎。カツオを口に運んだ。表面だけ火が通り、キツネ色のニンニクがたっぷりのったカツオは美味かった。巖さんに教えようと、胸の中でつぶやいていた。よく冷えた白ワインを飲む。

「……で、君が物心つく前に両親は離婚した」

「そう……」とレティシア。しばらく無言でいた。やがて、

「両親が離婚したことより、その原因が、かなりショックだったわ……」

ぽつりと言った。ワインに口をつけた。

29　求めるものは、人それぞれだから……

1

「プラネタリウムみたいだな」爽太郎は言った。

レティシアと爽太郎は、家のベランダにいた。並んでいる椅子に腰かけて、空を見上げていた。

空一面に星がまたたいていた。手を伸ばせば届きそうな感じで、何百という星たちが輝いている。

二人は、ワインのグラスを手に、そんな星たちを見上げていた。かたわらにある小型のCDプレーヤーからは、スタンダードナンバー〈Fly Me To The Moon《フライ・ミー・トゥ・ザ・ムーン》〉がゆったりと流れていた。レティシアの父のCDかもしれない。

「君の両親は、君がまだ赤ん坊の頃に離婚した」と爽太郎。レティシアが、うなずいた。

「その理由が、君にはショックだった？」また、彼女がうなずいた。

「それは、パパじゃなく、セシルのお父さんに聞いたことだけど、たぶん真実だと思う。わたしのパパとセシルのお父さんは、親友だったから……」

とレティシア。ワインに口をつけた。

「で、君の両親が離婚した理由は？」

しばらく、レティシアは無言でいた。

「……母は、この島に退屈したらしいの」

「退屈？　こんな美しい島に？」

「ええ、わたしには理解できないけど、母はこの島の暮らしに飽きてしまったみたい。何もないこの島に退屈したらしいわ。ヌーメアという街で育ったせいかもしれないけど……。そこから二人の間にいさかいがはじまり、やがて深刻な状況になっていった……」

レティシアは、またワインに口をつけた。

「それで、離婚？」

と爽太郎。彼女は、ワインを飲みながらうなずいた。

「どうやら、そうらしいわ。セシルのお父さんの話だと、両親はかなり熱烈な恋をして結婚したらしい。それなのに、この島の暮らしが退屈だから……それがいさかいの原因になって別れてしまうなんて……」

爽太郎は、しばらく考える。

「人はそれぞれだし、人生で求めるものが違うことはよくある。それが二人の関係を壊してしまうのはありえる話だ。君のお母さんは、パパと恋に落ちた。が、都会育ちの彼女には、この島での暮らしが合っていなかった。やがて、愛さえも醒めていったのかな……。君には辛いことかもしれない……。結婚というものに不信感を持っても不思議じゃない」

レティシアは、かすかにうなずいた。

「というより、恋愛に不信感を持ったみたい」と言った。

「そうか……」と爽太郎。「いつか言ってたな。恋に本気になれないと……」

彼女は、またかすかにうなずいた。ワインを飲む。

「前に話したと思うけど、わたしにも恋人が出来たことがあるわ。シンガポールで暮らしはじめて2年が過ぎた頃……。でも、続かなかった。原因は、わたしにあると思うわ」

「恋に本気になれなかった?」

「そう……。のめり込めないと言うか、熱くなれないと言うか……。やがてその恋愛は醒めて、終わってしまったの」

爽太郎は、胸の中でうなずいていた。シンガポールで聞いた彼女の告白、恋に本気になれない……その事情がわかった。

「それ以来、恋愛は？」

レティシアは、首を横に振った。

「もしかしたら、わたし、恋愛への不信感という殻から抜け出せないのかもしれない。年齢的には大人なのに、まるで10歳の少女みたいに、恋愛に対してビクビクと警戒してる……」

彼女は、つぶやいた。かなり飲んだワインが、その口を軽くしているのかもしれない。

やがて、

「ときどき、そんな自分が嫌になることがあるわ」

レティシアは、かすかに苦笑した。爽太郎は無言でいた。つまらないなぐさめは言いたくなかった。ただ、空に輝く星たちを見ていた。ワインをまたひと口……。頭上では、ヤシの葉がサワサワと揺れている。近くの海面で、小魚が跳ねた音がした。

2

「何か、あるわ」海面に顔を出したレティシアが言った。

探索をはじめて3日目だった。午前11時過ぎだ。

「何か？」

「沈船みたい。今日は海中の透明度がよくないから、とりあえず潜ってみるわ」とレティシア。一度、ゾディアックに上がった。スキューバダイビングのタンクを背負った。

「行ってくる」と言い、海に入った。海面に泡を残し、潜水していった。

5分ほどで、彼女は海面に浮上してきた。

「沈船だけど、ヨットじゃないわ。何十年も前に沈んだ船みたい。いまは、魚の棲《す》みかになってる。モルディブではよくあることよ」そう言い、ゾディアックに上がった。

その日の探索は、午後3時半で終わった。

3

「スコールよ、ラッキー！」

レティシアが声を上げた。

午後4時。島に戻り、家の裏でそろそろシャワーを浴びようとした時だった。

貯めた雨水が乏しくなってきていた。シャワーの出が、かなり悪くなっているところだった。

大粒の天気雨が、勢いよく降りはじめた。

「自然のシャワーよ。あっち向いてて！」とレティシア。

爽太郎は、空を仰ぎ、全身にスコールを浴びはじめた。大粒の雨が体を洗っていく。

ふと、振り向いた。

レティシアは、水着を脱ぎ捨て裸でスコールを浴びていた。後ろ姿を見せている。

ココア色の肌は、オイルを塗ったようにしっとりしている。イルカを思わせる、すべすべした肌だった。その腕に、肩に、背中に、雨粒が当たって弾けていた。弾けた雨粒が陽射しに光っている。

手と脚は、のびのびとしている。ウエストも、ほっそりとくびれている。そのせいか、ヒップと太ももは、ボリュームを感じさせる。そんな後ろ姿を爽太郎は目を細めて見ていた。

レティシアは、その水着を脱ぎ捨てたように、自分の殻も脱ぎ捨てたいのかもしれない……。爽太郎の胸に、ふとそんな思いがよぎった。

スコールは降り続いている。

4

電話がきたのは翌日。午後6時だった。

家の電話が鳴り、レティシアがとった。

「ああ、マニ」と言い、話しはじめた。マニは、この島に送ってくれたドーニの船頭だ。話しているレティシア。その表情が緊張していく……。やがて、

「わかったわ。気をつける。ありがとう」と言い、電話を切った。

「何か、やばいことか?」

「マーレの町で、わたしたちの事を嗅ぎまわっている人たちがいるって」

「どんなやつらだと?」

「中国系の人たちだって。何人もいるようだって」

爽太郎は、うなずいてビールに口をつけた。

「まあ、そろそろ来る頃だとは思ってた。マーレの連中に金を使い聞き回れば、おれたちがここにいることは割り出せるだろう」と爽太郎。「昼間はともかく、夜に襲われるとやっかいだな」

「夜、この島に近づくのは難しいと思うわ。取り囲んでる環礁には1カ所しか通れる水路

がないし、知ってる通りすごく狭い。暗い夜にあそこを通り抜けるのは、地元の船乗りでも難しいと思うわ。へたすると、環礁に乗り上げて座礁するでしょうね」

「なるほど。とりあえず、夜は安心して寝られるわけだ」

5

その2日後。午後3時半。二人は、桟橋にいた。

探索から帰ってきたところだった。帰る途中、レティシアが潜って、夕食用のウニを捕った。かなりの量のウニがネットに入っている。ネットごと家に運ぼうとしていた。

その時、環礁の水路を抜けて、一艇のボートが近づいてくるのが見えた。

「家に入ってろ」爽太郎は、レティシアに言った。レティシアは、小走りで家に……。

ボートは、ゆっくりと近づいてくる。ドーニではない。小型のプレジャーボートだった。

男が1人で舵を握っている。

桟橋に近づいてくると、ボートの上にいた男が手を振った。30歳ぐらいの白人だった。小太り。色白だ。

やがて、ボートは桟橋に着岸した。男が、桟橋に上がってきた。

「悪いが、少しだけでいいから、飲み水をくれないか？　釣りをしてたら、持ってきた水を飲み切っちゃって」

と爽太郎に言った。爽太郎は、うなずいた。ボートの船べりには、釣りのロッドがある。

「釣りの成果は？」と訊いた。

「いやあ……10キログらいのマグロをかけたんだが、30分ぐらいやりとりしてバラしちまった。残念だよ」

男は言った。

「確かに残念だな。そのついでに、もっと残念な事がある」と爽太郎。微笑して言った。

男が、爽太郎を見た。

「あんたのリールに巻かれてるラインは、せいぜい8ポンドテストだ。とても10キロのマグロと30分やりあえる太さではないよ」と爽太郎。「それらしい話をしようとして、墓穴を掘ったな」

男の顔から作り笑いが消えた。1歩さがる。爽太郎は、す早く男と舫ってあるボートの間に入った。

「まあ、そんなに急ぐなよ。もっと話を聞かせてくれないか」爽太郎が言ったとたん、男が全力で殴りかかってきた。

爽太郎は、その右パンチをかわす。

男のみぞおちに左フック！　うめき声。男の体が前にのめる。

その顔面に右ストレート！

やつは、2、3歩後ろによろける。尻もちをついた。

とたん、悲鳴が上がった！

やつは、ネットに入っているウニの上に尻もちをついたのだ。ウニのトゲが、尻に刺さったらしい。

やつは、うめきながらのろのろと立ち上がった。両手で尻を押さえて、へっぴり腰。

「またまた残念だな。早くマーレに戻って、医者にウニのトゲを抜いてもらわないと、毒が回るぜ」

と爽太郎。毒はハッタリだ。が、男の表情がひきつる。爽太郎につかみかかってきた。

その顔面に軽い左フック。

男はまた尻もちをついた。痛みで顔がゆがんだ。

「誰に頼まれて、ここに来た」と爽太郎。やつは無言……。

「それじゃ、明日までウニのトゲを尻に刺したままでいろ。その尻が三倍ぐらいに腫れるぞ」

「……し、しゃべる！　知らない中国人たちに頼まれたんだ。金をもらって」

「で、この島に探りを入れに来た？　ここに誰がいるか」

「そ……そうだ」

爽太郎は、うなずいた。

「帰って、そいつらに伝えろ。今度来たら、ウニのトゲぐらいじゃすまないと」

爽太郎は言った。男は、

「わ、わかった……」と言った。へっぴり腰で、よたよたと自分のボートに乗る。舫いをとく。へっぴり腰のまま舵を切り、桟橋を離れていった。

30　一緒に寝ていい？

1

「ちくしょう。あいつ、ウニを3つも尻で潰しやがって」

と爽太郎。白ワインを飲みながら苦笑した。

テーブルには、大きな皿。殻を割ったウニが20個以上並べてある。

「それはともかく、これだけあれば充分でしょう」とレティシアもワインに口をつけた。

二人は、ウニの身をすくい、口に入れる。海水の塩味がきいたウニの身は、濃厚な味がした。

レティシアは、慣れた動作で指でウニの身をすくい、口に入れている。その姿は、可愛い顔とは対照的な野性味を感じさせた。

爽太郎は、スコールの中で見た彼女の体を思い起こしていた。ほっそりとした腕や足首とは対照的に、しっかりとした肉づきのヒップと太もも。野性的とも言える、その姿を……。

「あの連中は、また来るかしら」

レティシアが言った。

「来るだろうな。何百億円という宝石がかかってるわけだから」

爽太郎は言った。レティシアの体は、頭から追い払う。今後の展開について考えはじめた。

2

「おいでなさった」

ゾディアックのアクセルを握っている爽太郎は言った。

午前10時。二人は島を出たところだった。環礁の水路を抜け外海に出た。5、6分走ったとき、追いかけて来るボートに気づいた。

ボートは、明らかに爽太郎たちを追跡してくる。遠目には、赤い船体に見える。

「中国人は、赤い色が好きだな」と爽太郎。振り向いて言った。ゾディアックの方向を変える。

「おれたちが探索してる海域を、やつらに教えるわけにはいかない」

と言った。ボートの方向を90度変えた。

赤いボートは、追跡してくる。そう大きなボートではない。3人ぐらい乗っている。

「ディーゼル艇ね」レティシアも振り向いて言った。爽太郎は、うなずいた。ディーゼルエンジンを載せたボートは、粘り強い走りをする。が、加速の鋭さなどは船外機の方に分がある。

爽太郎は、探索してる海域とは逆の方向にゾディアックを走らせる。やつらのボートは、50メートルほど後ろを追跡してくる。

行く手に、島が見えてきた。

そう大きくない島。無人島らしい。

島はやはり環礁で囲まれていた。が、いまは満潮の時刻だ。環礁は、海面に出ていない。海面下に沈んでいる。

爽太郎は、その環礁に向けてゾディアックを加速する。やつらのボートもスピードを上げた。

ゾディアックは船外機。プロペラは、海面下40センチほどにある。

やつらのボートはディーゼル艇。プロペラは船底の下にある。海面下70センチぐらいにプロペラがあると思える。

その30センチ差……。

爽太郎たちのゾディアックが環礁の上を通過できても、やつらのボートはダメかもしれない。プロペラが環礁に当たり、ペラがひしゃげるかもしれない。

そこに賭けた。

爽太郎は、船外機のアクセルをさらに開く。スピードが上がる。小さな波で、ボートがバタバタと揺れる。波飛沫が上がり顔にかかる。

それでも、爽太郎はスピードを落とさなかった。追跡してくるやつらに考える隙を与えたくない。

環礁まで50メートル！　40メートル！　30！　20！　10！

環礁の上を突っ切る！

透明な水面下に、ギザギザのサンゴ礁が走り過ぎる。

ゾディアックは、環礁の上を突っ切った。

スピードは落とさない。爽太郎とレティシアは、振り向いた。

やつらのボートが、環礁の上にさしかかる。

乗り上げろ！　爽太郎は胸の中で叫んだ。

が、やつらのボートはそのまま追跡してくる。環礁の上を突っ切ってきた。

「運のいいやつらだ」と爽太郎。

3

環礁の中に入った。海面に波はない。

やつらのボートは、30メートル後ろを追跡してくる。

3人いるうちの1人が、拳銃らしいものを持っている。

「しつこいな」爽太郎は言った。ゾディアックのスピードを少し落とした。

「持っててくれ」とレティシアに言った。彼女が、船外機のアクセルを握った。

ゾディアックのスピードが落ちたので、やつらのボートが距離をつめてくる。

20メートル。15メートル。

そのとき、爽太郎はゾディアックに積んである漁網に手をかけた。

レティシアの家の裏にあったものだ。昔、魚を捕るために使ったらしい。かなりしっかりした網だった。こういう場合を考えてゾディアックに積んでいた。

爽太郎は、その漁網を持ち上げる。ゾディアックの船尾から海面に放り投げた。

漁網は、海面で広がる。

追跡してきたボートの上で叫び声！

だが、ボートにはブレーキがない。操船しているやつがスピードを落とそうとした。

しかし、間に合わない。ボートは、海面の漁網の上を通過した。

とたん、スピードが落ちた。前のめりにガクッとブレーキがかかる。

船底の下にあるプロペラが、漁網を巻き込んだのだ。

やつらのボートは、止まってしまった。漁網は、回っているプロペラに完全に巻きついてしまったようだ。

こうなったら、海中に潜り、時間をかけてプロペラから網を外すしかない。プロペラで走るボート、最大の弱点だ。

「じゃあな！」と爽太郎。

止まったやつらのボートが、どんどん遠ざかっていく。

4

午後4時半。

「天気が崩れてきそう」とレティシア。てきぱきと家を出る支度をしている。

ヤシの木を、夕食のために切りに行くという。

二人は家を出た。家の裏に回る。ヤシの林。その中に小道があり、そこを歩きはじめた。確かに天気は下り坂らしい。空にグレーの雲が広がりはじめている。気圧が下がっているのを感じる。

小道をしばらく行くと、一軒の家があった。

レティシアの家と同じように、壁は石で造られている。彼女はそこで立ち止まると、

「これは、セシルの一家が住んでいた家よ」

と言った。少し目を細め、家を眺める。

「セシルがいなくなったあとは？」と爽太郎。

「セシルが死んだその半年後、両親はこの家を去っていったわ。この家に住んでいるのが辛かったんだと思う」

とレティシア。爽太郎は、うなずいた。

セシルが死んだのは17歳。それから5年近くが過ぎているはずだ。確かに家はいたんでいた。周囲に雑草が伸びていた。レティシアは、2、3分、じっとその家を見ていた。

やがて、雨がポツリと1粒、2粒、爽太郎やレティシアの上に落ちてきた。

レティシアは、われに返る。「急ぎましょう」と言い歩きはじめた。

「これを食用に？」と爽太郎。レティシアは、うなずいた。ナタのような物を手にしている。

セシルの家から、30メートルぐらい奥。ヤシの木立の中だ。地面から50センチほどのヤシが生えている。

レティシアは、ナタを握る。そのヤシを根本からバサッと切った。その動作にも、島で育った野性味のようなものを爽太郎は感じていた。

5分ほどで、7、8本のヤシを切った。レティシアは、それをかかえる。

「戻りましょう。雨が本降りになるわ」

6

部屋に、玉ネギの匂いが漂っていた。

黄昏のキッチン。レティシアは、玉ネギをみじん切りにしていた。まな板に包丁が当たる音が、リズミカルに聞こえていた。

爽太郎は、テーブルに広げた近海の海図を見ていた。覚えておく必要があるところを頭に入れていた。

ふと気づくと、包丁の音がやんでいた。爽太郎は、振り向いた。レティシアの横顔を見た。彼女は、手の動きを止めていた。やがて、左手で、目尻をぬぐった。

玉ネギを刻んでいて、それが眼にしみたのだろうか……。

違うらしい。レティシアは、包丁を置く。両手で目尻をぬぐった。その肩が細かく震えている。

両手で顔をおおった。肩の震えが止まらない。どうやら泣いている……。

爽太郎は、立ち上がってレティシアのそばに行く。

「何か思い出したのか？」

彼女は、小さくうなずいた。

「セシルのこと？」

また、うなずいた。

「……いつも、ここで一緒にお料理を作ったわ。ファラタ、グラ、パパイヤのサラダ……。2人で笑いながら」

とレティシア。その声が震えている。爽太郎は、彼女の肩にそっと片手を置いた。

「悲しい時は、いくら泣いてもいい。体の傷はいつか治るけど、心についた傷は、そう簡単に消えるものじゃない」

と言った。レティシアは、かすかにうなずいた。

「ありがとう……」

彼女は両手を調理台に置いている。その頬は涙で濡れている。

「本当に優しいのね……」

「……いや、大切な誰かを失った悲しみがわかるだけのことさ」

爽太郎は言った。レティシアは、頬の涙をゆっくりとぬぐった。

7

1時間後。レティシアが皿をテーブルに置いた。

「ヤシのサラダよ」

爽太郎は、皿の上を見た。長ネギの白い部分のようだった。さっき切ってきたヤシの木。その芯だという。レティシアがドレッシングをかけた。

爽太郎は、フォークで刺し口に入れてみた。サクッとした歯ざわり。かすかに甘く、かすかにココナッツの香りがした。

「で、これはバジヤ」とレティシア。もう一皿持ってきた。カツオ、玉ネギなどにカレーの味をつけ、皮に包み揚げたという。

「インド料理のサモサが、モルディブでアレンジされたものみたい」

と言った。二人は、冷えた白ワインを飲みながらフォークを使いはじめた。

2杯目のワインを飲みながら、レティシアがぽつりと口を開いた。

「もういない人に対して出来ることって、何かしら……」

「それを考える必要はないと思う。君はもうやってるよ」

レティシアが爽太郎を見た。

「わたしの研究？」

「ああ、海水から真水を作る、その研究をしている君に、天国のセシルは感謝してると思う。そう考えるべきだよ」

爽太郎は言った。やがてレティシアは、ワイングラスを見つめ5ミリほどうなずいた。

外では、雨が強くなりはじめていた。

8

ふいに、窓の外が明るくなった。イナズマだった。4秒ほどして、腹に響くような雷鳴が聞こえた。

爽太郎は、ベッドのそばに置いた自分のダイバーズウオッチを見た。蛍光塗料の針は11時15分をさしていた。また、窓の外がパッと明るくなり雷鳴が響いた。

その1分後。ドアをノックする小さな音。ドアが、ゆっくりと開いた。薄明かりの中、レティシアが立っていた。

「どうした……」

「怖い」彼女の声がかすれていた。

「カミナリが苦手なのか」

薄明かりの中で、彼女がうなずくのがわかった。

「一緒に寝ていい？」

31 洋上血戦

1

また、イナズマ！　部屋が真っ白になる。

彼女が、ベッドに近づいてくる。そっと爽太郎の横に身を横たえた。Tシャツ、ショートパンツを身につけている。それがパジャマがわりらしい。

「行ってもいい？」とレティシアを

「ああ……」

レティシアが、小さく声を上げた。爽太郎の胸に顔を押しつけてきた。

爽太郎は、彼女の体を抱きとめた。

2秒後、大きな雷鳴！　空が裂けるような鋭い音。かなり近くに落ちた。

彼女がまた小さく声を上げる。爽太郎に頰を押しつけてきた。

上半身は密着している。彼女の体温、バストのふくらみなどを爽太郎は感じていた。

イナズマと雷鳴は、続いている。

レティシアは、爽太郎に抱きついている。彼女の体が熱い。爽太郎も自分が汗ばみはじめたのに気づいていた。

顔と顔が5センチほどの距離にあった。レティシアの息づかいが感じられる。

やがて、二人の唇が近づいていく……。唇と唇がそっと触れた。ごく軽いキス。

けれど……レティシアは自分から唇を離した。爽太郎の胸に頰を押しあてた。軽いため息……。

「あなたが好き。でも……」かすれた声で言った。

どうやら、恋に飛び込んでいく勇気がまだ持てないらしい。父と母のことがトラウマになっているのか……。

「いいんだ」

爽太郎は言った。レティシアの肩を抱きしめた。

「わたし、弱虫……」湿った声でレティシアがつぶやいた。

気がつけば、雷鳴が遠ざかっていた。雨はまだ降り続いている。

2

爽太郎は、いつしか眠っていた。

目を覚ますと、8時半だった。窓から薄陽が差している。雨は上がったらしい。

ベッドにレティシアの姿はない。彼女が寝ていたところのシーツが皺になっている。爽太郎は、昨夜のことをぼんやりと思い出していた。

ベッドルームを出た。

レティシアは、テーブルのところにいた。爽太郎を見ると、

「おはよう」と言った。その頬が一瞬赤くなった。昨夜のことが恥ずかしかったのか……。

「モリの手入れ？」爽太郎は訊いた。彼女は、テーブルで作業をしていた。

水中銃のモリを研いでいた。

圧縮空気で発射する水中銃。そこから発射されるステンレス製のモリ。その先端をヤスリで研いでいた。

「このまえ潜ってたとき、サメがいたの」

「大きなやつか？」

「2メートル以上。襲われたくない大きさよ」

「その水中銃で対抗出来る？」

「殺すのは無理。でも、鼻面に当たればサメはひるむから逃げる時間を稼げるわ」

とレティシア。爽太郎は、うなずいた。冷蔵庫からミネラルウォーターを出し口をつけた。レティシアが、モリを研ぐ作業を中断して、朝食の準備をはじめた。

3

その4日後。二人が乗るゾディアックは、探索する海域に入った。

「可能性のある海域の80パーセントは探したわ。あと少しね」とレティシア。シュノーケルのマスクをつけた。足ヒレもつけ、海に入った。

4

「どうやら、それらしいのを見つけたわ」

とレティシア。海面に浮上して言った。

「沈んだヨットか」

「そう。たぶん間違いない。〈BLUE EYES〉よ」とレティシア。一度、ゾディアックに上がった。スキューバの装備を身につける。

「海底までは何メートルぐらいだ」

「10から12メートルぐらいね」とレティシア。

「キャビンの中に入って隅々まで探してみるから、少し時間がかかるわ」と言った。

「これは？」と爽太郎。かたわらにある水中銃を目でさした。

「サメの姿はないから、いらないわ」

レティシアは言った。スキューバの装備を確認する。

「酸素は充分ね。じゃ、行ってくるわ」と言い、海面に滑り込んだ。海底に潜っていく。

5

エンジン音！

ディーゼルエンジンの音が聞こえた。爽太郎は、振り向いて「ちっ」と舌打ちした。

ボートが走ってくる。赤い船体のボート。どうやら、やつらのボートらしい。が、レティシアが真下に潜っている。ここを動くわけにはいかない。

やつらのボートは、全速で走ってくる。50メートル。30メートル。20メートル。

やがてスピードを落とした。ゆっくりと近づいてきた。

センターコンソーラーの30フィートぐらいだ。

舵を握っているのは、白人。島に来て、尻にウニのトゲを刺したやつだ。ほかに中国人が2人。1人はデブで目が細い。もう1人は、痩せ型でノッポ。そいつの手には拳銃。銃口を爽太郎の方に向けている。

やつらのボートが、ゾディアックに横付けになった。爽太郎は、舵を握っている白人に白い歯を見せ、

「尻のトゲは抜けたか」と言った。

「黙れ」と白人。爽太郎を睨みつけた。

デブの中国人が海面を覗き込む。

海底のレティシア、そのスキューバから出る泡が、海面に見える。

「変なまねしたら、容赦なく撃つ」と拳銃を手にしたノッポの中国人。英語で爽太郎に言った。爽太郎は肩をすくめた。海底にいるレティシアに合図を送る手はない……。

6

20分ほど過ぎた頃。

海面に見える泡が濃くなってきた。レティシアが浮上してくるらしい。

やがて、上がってくる姿が水中に見えた。

レティシアが海面に姿を現した。何か、かかえている。ナイロンの防水バッグに入っている物だ。

爽太郎は、ゾディアックの上から手を伸ばし、それを受け取った。かなり重さがある。次にレティシアをゾディアックに引き揚げた。

「いま引き揚げたそいつを、渡してもらおうか」白人が言った。ノッポは、相変わらずこちらに銃口を向けている。

「かなり重いぜ」と爽太郎。

「お前が持ってこい」ノッポが言った。

爽太郎は、防水バッグを持ち上げる。ゾディアックから、やつらのボートに乗り移った。

「ほらよ」と白人に渡した。ノッポは、爽太郎に拳銃を向けたままだ。

白人は、ボートのデッキに防水バッグを置いた。デブの中国人がナイフを出す。防水バッグを切りはじめた。

5分ほどで、防水バッグから金属のスーツケースが出てきた。小型だが、ジュラルミンで出来た頑丈そうなケース。厚みは15センチ以上。がっちりとした把手《とって》がついている。

やつらの目が光った。この中いっぱいに宝石が入っていたら、莫大な金額になるだろう。

デブの中国人が、小型のバールを取り出し、ケースを開けはじめた。

ケースは頑丈で、なかなか開かない。白人も手を貸して、ケースをこじ開けようとする。10分ぐらいかけて、ケースはほんの少しだけ開いた。やつらは、そこにバールを差し込む。ぐいぐいと開けようとする。

「もうすぐだ」

とデブ。顔に汗をかいて言う。やがて、ケースが開いた。

7

デブと白人は、中を覗き込む。2秒、3秒……。

「カラだ……」白人が言った。

爽太郎に拳銃を向けていたノッポが、一瞬、そっちを見た。

その瞬間を爽太郎は見逃さなかった。1歩つめる！　素早く、拳銃を握っているやつの右手をつかむ。ねじる。

とたん銃声が響いた。

ノッポが思わず引き金をひいてしまった。

同時に、白人が呻き声を上げた。弾丸がやつの脚に当たったのだ。白人は、ジーンズの太ももを押さえて、デッキに転がった。ジーンズに血がにじみはじめた。呻き声……。

「同士討ちか」

と爽太郎。ノッポの手首をさらにねじる。

やつの手から、拳銃がデッキに落ちた。

ノッポは、左手で殴りかかってきた。空手の裏拳だった。それが爽太郎の顔をかすった。

爽太郎は、ボートの上で少しバランスを崩した。

ノッポは、デッキに転がった拳銃を拾い上げようとした。かがみ込んだその尻を爽太郎が蹴った。やつは、デッキに転がった。が、素早く立ち上がる。すばしっこい。空手が少しはできる。

睨み合いが3秒。やつの直突き！　爽太郎は、顔を左に。やつの拳をかわす。

今度は、左の手刀！　爽太郎は、左腕でブロックした。

突き技が効かないとみるや、やつは左足を飛ばしてきた。

回し蹴り！　爽太郎の頭を狙った。が、不安定に揺れるボートの上での蹴りは難しい。

爽太郎はぐっと重心を下げ、回し蹴りをかわす。やつの軸足を右足で払った。

やつは、軸足を払われて仰向けに転がった。頭をデッキに打ち付けた。

爽太郎はやつの上に馬乗りになる。顔面に左右のフックを叩き込んだ。

やつは下から直突きをくり出そうとした。

その手を払いのける。左右のワンツー！　思い切り横っ面に叩き込んだ。

やつは白目を剝《む》いた。鼻血を流し、動かなくなった。

爽太郎の指の皮からも、血がにじんでいる。

「そこまでだ」

という声。爽太郎は、ゆっくりと立ち上がった。

デブの中国人が、大型の自動拳銃を握っていた。刺青《いれずみ》をした太い腕を伸ばし、銃口をぴたりと爽太郎に向けている。細い目が睨みつけている。爽太郎は、呼吸を整えながら、やつを見た。

「ちくしょう、宝石は見つからずか……」とデブ。「その腹いせにお前をぶっ殺してカニのエサにしてやる」その声が冷ややかだった。

「これまで、うちのシンジケートをさんざん手こずらせてくれた、その償いだ。死ね」

と言って、引き金にかけた指に力を込める……。撃つ……。

32　流れ星に願いを

1

次の瞬間、鋭い音！

拳銃をかまえているやつの太い腕に、水中銃のモリが貫通していた。

ゾディアックの上からレティシアが撃ったのだ。

やつの顔が歪む。呻き声を上げながら、モリが貫通した右腕を左手で押さえる。

爽太郎は、2歩つめる。やつの鼻面に左ストレートを叩き込んだ。のけぞったやつのアゴを右アッパーで叩き上げた。さらに横っ面に左フック！

やつは、拳銃を落としながら仰向けに倒れた。

後頭部をデッキに打ちつけ動かなくなった……。

爽太郎は、ジュラルミンのケースを持ち上げる。ゾディアックのレティシアに渡した。

「このボートを始末する」と言って、クラッチを入れた。

ガバナーを押し込み、ボートを加速させる。

太ももを撃たれた白人と、腕にモリが貫通したデブは、デッキに転がって呻いている。

ノッポも失神している。

爽太郎は、アクセルを開く。ボートはぐんぐんスピードを上げる。海面を疾走する。

500メートルぐらい先に小さな島がある。無人島らしい。やはり環礁に囲まれている。

ボートの船首をその島に向けて、さらに加速する。時速28ノット！

島がぐんぐん近づいてきた。取り囲む環礁は、海面に出ていた。ギザギザの珊瑚礁が海面から50センチぐらい顔を出している。

ふと、足をつかまれた。殴り倒したノッポが、片手で爽太郎の足首をつかんでいた。

爽太郎は、片足でやつの頭を蹴り飛ばした。やつは、また仰向けに倒れて呻く。

環礁まで、100メートル！　80メートル！　50メートル！　30！　20！

爽太郎は、アクセルと舵輪から手を離す。船べりから海に飛び込んだ。ボートはスピードを落とさず、全速で環礁に突っ込んでいく。

爽太郎が、海面に顔を出したとたん、鋭く重い音！　ボートが環礁に乗り上げた！

ボートは、一瞬、宙に舞う。2枚のプロペラと船底の一部を飛び散らかしながら、10メートルぐらい宙を舞い、船尾から海面に落ちた。大きな飛沫が上がった。

「アディオス」

立ち泳ぎしながら爽太郎は言った。

2

エンジン音が近づいてくる。レティシアが操船するゾディアックが近づいてきた。やがてスピードを落とし爽太郎のそばに止まった。

爽太郎は、ゾディアックに上がった。レティシアが、ゾディアックをUターンさせて、船首を彼女の島に向けた。ゆっくりと走りはじめた。

爽太郎は、一息つき、空を見上げた。紺に近いブルーの空。白いアジサシが3羽、風に漂っていた。レティシアが、積んであるジュラルミンのケースを見た。

「カラだったの？」

爽太郎は、首を横に振った。

「やつらが見落としたんだ。帰ったら見てみよう」

3

二人は、シャワーを浴びた。

爽太郎はタオルで髪を拭きながら家に入った。やつらを殴りつけた手の皮から、まだ血がにじんでいる。レティシアも濡れた髪をタオルで拭いている。

テーブルに、ジュラルミンのケースが置かれていた。ゾディアックから運んできたケースだ。

「さて……」

と爽太郎。あらためて、ケースを開けた。

確かに中は、がらんどうだった。宝石などは入っていない。けれど、カラではない。ケースの底に何かある。

爽太郎は、手を伸ばした。

白い封筒だった。あまり大きくない封筒が、ケースの底にあった。封筒には、何も書かれていない。

爽太郎は、封筒を開けた。

その中から、一枚の写真が出てきた。年月が過ぎ、だいぶ黄ばんだモノクロ写真だった。

男女が写っていた。二十代と思われる東洋人の男女。それは、ワン・ハークと妻のツーイだった。

二人の上半身が写っている。ワン・ハークは、黒い髪を横分けにしている。真面目そうな顔立ち。白いシャツを着ている。

妻のツーイは、花柄のブラウスを着ている。髪は束ねている。化粧は薄いが、笑顔が可愛い女性だとわかる。

スリランカのどこかだろう。砂浜のような場所で撮ったスナップだった。

ツーイの手が並んでいる彼の腕に回されている。二人は、カメラに屈託のない笑みを見せている。身なりはけして高級ではないが、彼らは限りなく幸せそうだった。

降り注いでいる陽射しが明るい。

爽太郎とレティシアは、その写真をじっと見つめていた……。

4

爽太郎たちは、ヤシのサラダを前に白ワインを飲みはじめていた。

「ヨットの中を隅々まで探したけど、それらしい物はこのケースだけだった……」

とレティシア。爽太郎は、うなずいた。

「彼、ワン・ハークが、人生最後の航海に持っていったのは、宝石でも金でもなく、この一枚の写真だったわけだ」

レティシアが、グラスを手にうなずいた。

「彼にとって、人生で最も大切なものが、これだったのね」

「ああ……。金では買えないもの……。愛であり、愛した相手との思い出……」と爽太郎。

「おれたちが探し当てたのは、永遠に輝く宝石だったらしい」と言った。

レティシアが、うなずいた。その頰に涙がつたい、やがてテーブルに落ちた。

「本当によかった……。この島へ帰ってきて、これを見つけられて……」

と言い、ワン・ハークとツーイの写真を手にとった。涙で濡れた頰を、そっとぬぐった。

5

ベッドルームにかすかな星明かりが差し込んでいた。

爽太郎は、向き合っているレティシアの髪を撫でた。

二人の顔が近づいて、唇が触れた。短いキス。そして長いキス……。息づかいが熱くなっていく。

薄明かりの中で、レティシアがTシャツを脱いだのがわかった。そして、ためらわず、すべての服を脱ぎ捨てた……。

ココナッツの香りが立ちのぼる彼女の体を、爽太郎はそっと抱きしめた。

家の外では、虫たちが鳴いている。

6

1時間後。

二人は、体にバスタオルだけ巻いてベランダに出た。汗ばんだ肌に海風が心地よい。

爽太郎は、レティシアの裸の肩を片手で抱いた。

見上げる空。一面の星がまたたいている。

そのとき、ひと筋の大きな流れ星……。

「願いごとをしなくちゃ」爽太郎が言った。レティシアが首を横に振った。

「いいの。願いごとは、かなったもの……」と小声で言った。爽太郎の胸に、頬をよせた。

まだ汗ばんでいる胸にそっと唇をつけた。

ベランダに置いたCDプレーヤーから、〈Fly Me To The Moon〉が静かに流れている。

あとがき

スポーツのように小説を書こうと思った。

たとえば、世界一とも言われるサッカー・チーム〈ＦＣバルセロナ〉。あの選手達のように……。

スピーディーなパスとドリブルで、ピッチを駆け抜けていく。時には、意外なフェイントで相手を抜き去る。

そして、ゴールに突き刺すようなシュートを決める。

そんな小説が書ければと思い、トライしてみた。

以前から愛読している方には説明の必要もないだろう。

おきて破りのＣＦディレクター・流葉爽太郎が、やりたい放題にあばれまくるシリーズの新作だ。約1年半ぶりになる。

前作『二十年かけて君と出会った』は、ＣＦづくりの過程をかなり緻密に描いたものだった。

が、今回の作品では、少し方向性を変えてみた。流葉という主人公の〈生きる流儀《ウェイ・オブ・ライフ》〉とそれにともなう活躍にフォーカスを合わせて描いた。

流葉が、物事をどう考え、何にこだわり、どう行動するのか、そこを物語の軸にしてみた。

さらには、魅力的な女とはこんなウェイ・オブ・ライフを持っているかにも心を配った。

このシリーズは、言うまでもなく痛快な冒険物語であり、熱いラブストーリーだ。

が、楽しく読んだ後に、何かしらの感慨が残ればいいと思う。なるほど、男と女の、ひとつの理想像はこうなのか……という感慨が読者のあなたの中に消え残れば、作者としては嬉しい。

これ以上、作者が語るのは蛇足というものだろう。

今回も、光文社文庫の園原行貴さんとのダブルスで完成させる事が出来ました。お疲れさま！

そして、この本を手にしてくれたすべての方へ。また会えるときまで、少しだけグッドバイです。

小雪の舞う葉山で　喜多嶋 隆

※このあとにある僕のファン・クラブ案内ですが、そのあとにお知らせがあります。

〈喜多嶋隆ファン・クラブ案内〉

〈芸能人でもないのに、ファン・クラブなんて〉とかなり照れながらも、熱心な方々の応援と後押しではじめたファン・クラブですが、はじめてみたら好評で、発足して20年以上をむかえる事が出来ました。

このクラブのおかげで、読者の方々と直接的なふれあいの機会もふえ、新刊の感想などがダイレクトにきけるようになったのは、僕にとって大きな収穫でした。

〈ファン・クラブが用意している基本的なもの〉

①会報……僕の手描き会報。カラーイラストや写真入りです。僕の近況、仕事の裏話。ショート・エッセイ。サイン入り新刊プレゼントなどの内容です。

②バースデー・カード……会員の方の誕生日には、僕が撮った写真を使ったバースデー・カードが、直筆サイン入りで届きます。

③ホームページ……会員専用のＨＰです。掲示板が中心ですが、僕の近況のスナップ写真などもアップしています。ここで、お仲間を見つけた会員の方も多いようです。

④イベント……年に何回か、僕自身が参加する気楽な集まりを、主に湘南でやっています。
⑤新刊プレゼント……新刊が出るたびに、サイン入りでプレゼントしています。
⑥ブックフェア……もう手に入らなくなった過去の作品を、会員の方々にお届けしています。

★ほかにも、いろいろな企画をやっているのですが、くわしくは、事務局に問い合わせをしてください。

※問い合わせ先
FAX　０４６・８７６・００６２
Eメール　coconuts@jeans.ocn.ne.jp
※お問い合わせの時には、お名前、ご住所をお忘れなく。当然ながら、いただいたお名前、ご住所などは、ファン・クラブの案内、通知などの目的以外には使用いたしません。

★お知らせ

僕の作家キャリアも37年をこえ、この光文社文庫だけでも出版部数が累計200万部を突破する事が出来ました。そんなこともあり、この10年ほど、〈作家になりたい〉〈一生に一冊でも本を出したい〉という方からの相談がきたり、書いた原稿を送られてくることが増えました。

その数があまりに多いので、それぞれに対応できません。が、そのことが気にかかっていました。そんなとき、ある人から〈それなら、文章教室をやってみてもいいのでは〉と言われ、なるほどと思いました。少し考えましたが、ものを書きたい方々のためになるならと思い、FC会員でなくても、つまり誰でも参加できる〈もの書き講座〉をやってみる決心をしたので、お知らせします。

すでに講座ははじまりましたが、すでに大手出版社から本が出版された受講生の方もいます。

喜多嶋隆の『もの書き講座』

（主宰）喜多嶋隆ファン・クラブ

（事務局）井上プランニング
（案内ホームページ）http://www007.upp.so-net.ne.jp/kitajima/〈喜多嶋隆のホームページ〉で検索できます
（Eメール）monoinfo@i-plan.bz
（FAX）042・399・3370
（電話）090・3049・0867（担当・井上）

※当然ながら、いただいたお名前、ご住所、メールアドレスなどは他の目的には使用いたしません。

★ファン・クラブの会員には、初回の受講が無料になる特典があります。

光文社文庫

文庫書下ろし

ココナツ・ガールは渡《わた》さない　CFギャング・シリーズ

著者　喜《き》多《た》嶋《じま》隆《たかし》

2019年2月20日　初版1刷発行

発行者　鈴木広和
印刷　萩原印刷
製本　フォーネット社

発行所　株式会社　光文社
〒112-8011　東京都文京区音羽1-16-6
電話（03）5395-8149　編集部
8116　書籍販売部
8125　業務部

ISBN978-4-334-77801-9　Printed in Japan

組版　萩原印刷

光文社文庫　好評既刊

恋する組長　笹本稜平
素行調査官　笹本稜平
白日夢　笹本稜平
漏洩　笹本稜平
ボス・イズ・バック　笹本稜平
女について　佐藤正午
スペインの雨　佐藤正午
ジャンプ　佐藤正午
彼女について知ることのすべて　佐藤正午
身の上話　佐藤正午
人参倶楽部　佐藤正午
ダンスホール　佐藤正午
ビコーズ　新装版　佐藤正午
死ぬ気まんまん　佐野洋子
国家の大穴　永田町特区警察　沢里裕二
欲望刑事　沢里裕二
わたしの台所　沢村貞子

わたしの茶の間　新装版　沢村貞子
わたしのおせっかい談義　新装版　沢村貞子
崩壊　塩田武士
十二月八日の幻影　直原冬明
鉄のライオン　重松清
スターバト・マーテル　篠田節子
ミストレス　篠田節子
中国毒　柴田哲孝
黄昏の光と影　柴田哲孝
砂丘の蛙　柴田哲孝
猫は密室でジャンプする　柴田よしき
猫は聖夜に推理する　柴田よしき
猫はこたつで丸くなる　柴田よしき
猫は引っ越しで顔あらう　柴田よしき
女性作家　柴田よしき
猫は毒殺に関与しない　柴田よしき
ゆきの山荘の惨劇　柴田よしき